「ここが支部になります」

支部となっているビルは三階建てであり、
王都の本部と比べると、縦にも横にも小さい。

まあ、それは仕方がないことだとは思う。

しかし、なんかさびれているような……。

左遷錬金術師の辺境暮らし

元エリートは二度目の人生も失敗したので辺境でのんびりとやり直すことにしました

左遷された天才錬金術師
ジーク
「この国に俺以上の錬金術師はおらんからな」
「時間がかかっちゃうんですよ〜」
浄化力MAXの聖人属性
エーリカ

「師匠ー、こんなもんかなーー？」
「ハァ……自己紹介をしましょうか？後悔すると思いますけど」
リート支部の陽気魔女っ娘
レオノーラ
錬金術師協会本部の受付嬢
アデーレ

ジークの使い魔にして、
性格改善会議の進行役
ヘレン
「ジーク様、歓迎会を断るのはダメです。絶対に出席です」
◆「なんで？」
「悲しきモンスター……これから一緒に働くための親睦会ですよ？出ない人の方が少ないです」
◆「俺、一発芸はできんぞ？」
「一発芸はしなくてもいいですよ。ジーク様の一発芸なんて絶対に面白くないじゃないですか」
◆「それでも強要してくるのが上司だ。俺がスベっているのを笑うんだよ」
「ジーク様、行きましょう。適当に一次会で帰ればいいんです」

左遷錬金術師の辺境暮らし

元エリートは二度目の人生も失敗したので辺境でのんびりとやり直すことにしました

出雲大吉

ill. みきさい

The Exiled Alchemist's Frontier Life

口絵・本文イラスト
みきさい

装丁
AFTERGLOW

Contents

プロローグ　アデーレの見た天才

悲しいことに人は他人に優劣をつけるものである。それは容姿、学力、権力と様々なものに及ぶ。もし相手を下とみなせば、バカにしたり、見下したりする。逆に相手を上と思えば、尊敬したりするし、時には妬《ねた》んだりもする。もしくは、相手を上と認められずに言い訳をする者もいるだろう。それは間違いではない。努力をし、頑張ってきた者にとっては当然の感情だ。だが、世の中にはそういう優劣を超越する者もいる。

「ねえ、アデーレ、聞いた？」

隣のクラスの友人であるマルタが、目的語もつけずに聞いてきた。

「何の話？」

「ジーク君、国家錬金術師の５級に受かったらしいよ」

５級……同級生の中にも10級の試験を受ける者はいるが、誰も受かっていない。それなのに５級に受かったのか。

私達はこの国一番と呼ばれるベステ魔法学校に通う生徒である。生徒は主に国家錬金術師を目指す者と国家魔術師を目指す者の二つに分かれている。しかし、過去最高に優秀な生徒が集まったと言われる華の五十期である私達の中でも、初級である10級の国家資格を取った者はいない。それは国家錬金術師も、国家魔術師もである。彼、ジークヴァルト・アレクサンダーを除いては……。

それほどまでに国家試験というのは難しいものなのだが、ジークさんは二年生で初めて国家試験を受けてから一回も落ちずに5級まで受かったことになる。それどころか錬金術師志望の彼には関係ない国家魔術師試験の方も受けており、これもまた一度も落ちずに7級になっている。

「天才ね。というか、バケモノだわ」

「やっぱりあの人は私達と違うのよ」

マルタがクラスの端っこの席にいるジークさんを見る。ジークさんは、机の上で丸まっている使い魔の黒猫を撫《な》でながら窓の外を見ていた。

「これほどまでに差があると、嫉妬《しっと》の念も湧かないわね」

それほどまでに他を圧倒している。今日が卒業式だが、長いこのベステ魔法学校の歴史でも三年間、首席であり続けたのはジークさんだけと聞いている。

「卒業制作で謎の空飛ぶ模型を作ったって本当？」

錬金術師を目指す者は卒業時に何かを錬成しないといけない。ほとんどの生徒が学校で習ったポーションなんかを作って提出するのだが、ジークさんは先生達も見たことのない『ラジコンヘリ』という謎の小さな飛空艇を作って、先生達を驚かせた。

「ええ。飛空艇でもない謎の空飛ぶ小さな物体ね。先生達はすぐに学会で研究発表をするように勧めたらしいわ」

「ジーク君は何て？」

「興味ないの一言で断ったらしい」

あの人はいつもそうなのだ。

「ホント、ジーク君ね」

「私達、あの人と同じところに就職するのよね？」

「ええ。私達もジーク君と同じ錬金術師協会本部に就職だからね。初っ端から比べられるわよー」

きつい……。

「せっかく国一番のエリートとも呼ばれるところに就職できたのにね」

「でもまあ、物は考えようよ？　あのレベルだと経験豊富な先輩方もすぐに抜かれるでしょ。というか、現時点で抜いてない？　５級ってこの国でも五百人もいないでしょ」

「そうね……」

私達のレベルが低いんじゃない。ジークさんが異常なのだ。

「おっ、噂の彼が帰るみたいよ」

ジークさんは使い魔の黒猫を抱え、立ち上がると、教室を出ていく。

「ごめん、マルタ。また後でね」

友人に謝罪し、立ち上がった。

「うん、パーティーで」

「ごめん」

再度マルタに謝り、ジークさんを追う。

「ジークさん」

廊下を歩くジークさんに声をかける。すると、ジークさんは何も答えずに振り返った。だが、ジークさんの目は冷たく、こちらを見ているのだが、まったく私を認識していないように思えた。ただ、ジークさんの肩にいる黒猫は非常に可愛い。

「何だ？」

目も冷たければ声も冷たい。まったくこっちに興味がないのだろう。

「このあとのパーティーはどうされますか？」

先ほどまで卒業式があった。この後は卒業生が集まってパーティーをするのがこの学校の習わしである。先生達も出席されるし、感謝を伝えたり、別れる友人との最後の語らいの場でもあるのだ。

「行かない」

ジークさんは端的に答えた。

「行かれないのです？」

肩にいる黒猫がジークさんにそう聞くと、ジークさんの表情が和らいだ。

「行く意味もないだろ。時間の無駄だ」

表情は和らいでも言葉は辛らつだ。これがジークさんである。とてつもなく優秀だが、協調性はない。三年間同じクラスである私もロクにしゃべったことがないくらいだ。

「時間の無駄ってことはなくないですか？　三年間も通った学校の最後じゃないですか。先生方、ご学友に最後の挨拶《あいさつ》をしませんか？」

猫ちゃん、良いことを言う。

「この学校に思うことはないし、挨拶も不要だ。時間は有限なんだよ。明日には師匠の家を出るから、掃除や片付けをしないといけないだろ」

「あ、それがありましたね」

猫ちゃんが納得すると、ジークさんは一切、こちらを見ずに去っていった。これがこの学校における私とジークさんの最後の会話である。しかし、私達は同じ錬金術師協会本部に就職する。はたして、あの人が同僚で上手くやれるのだろうか？

第一章　左遷

「クソッ！」

俺は自室で机を叩《たた》くと、酒を一気飲みする。自作の間接照明だけが点いた薄暗い部屋の壁際の窓には、やさぐれた自分の姿が映っていた。

「ジーク様、飲みすぎでは？　お体を壊しますよ？」

部屋にいた黒猫がそう言いながら、椅子に座っている俺の膝《ひざ》に飛び乗ってきた。

「ヘレン、俺が何かしたか？　なんでいつも恨まれなければならない？」

俺は普通に仕事をしていただけだ。それなのに軍の飛空艇製作のチームから外された。それは実質、出世街道から外れたことを意味する。

「ジーク様は悪くないです。多分、アウグストが手を回したのでしょう」

アウグスト……軍の飛空艇製作のチームの枠を争っていた大貴族の次男坊だ。家柄は最高だが、錬金術師としての腕は俺の方がはるかに上だった。資格にしても俺はこの国に百人といない3級国家錬金術師であいつは5級止まりだ。だから本来、出世争いの必要なんてない。俺が選ばれて当然なんだ。それなのに……。

「俺を恨んで圧力をかけたか……クソッ！」

空いたグラスに酒を注ぎ、またもや一気飲みをした。

「ジーク様ぁ……もうよしましょうよー」

ヘレンが俺の身体をよじ登り、肩に止まった。そんなヘレンを撫でる。

「前世もだった……前世でも恨まれて殺された」

俺には前世の記憶がある。日本という国で生まれ育った。頭が良かった俺は日本で最高の大学を卒業し、大企業に就職し、出世していった。だが、同じように出世争いに負けた相手に恨まれ、あろうことか、社内で刺殺された。今でもあの時のことを夢に見る。あのきらりと光る包丁と、同僚のよどんだ目を忘れられない。

「それは存じております。逆恨みする相手が悪いです」

そうだ……それは当然、そうなのだが、前世の失敗は繰り返してはいけないと考え、錬金術とは別に魔法も学び、万が一に備えていた。それなのに、今度は貴族という権力だ。ふざけんな！

「いつも実力とは違う何かが邪魔をする！　無能共め！」

前世は裕福な家の子ではなかった。だから人一倍努力をしてきたし、その努力と才能で勝ち続けてきた。今世もまた、孤児であり、ドがつくほどの貧乏生活だった。だが、それでも勝ち続けた。

それなのに、生まれが良いだけの貴族の無能に潰《つぶ》されるとは……。

「ヘレン、俺の何が悪い？　どこで失敗した？」

「ジーク様は何も悪くありませんし、失敗しておりません。相手が悪いのです」

うーん……ウチの使い魔は可愛いし、賢い子なんだけど、褒めることしかせんからな。

「正直に言え。これを失敗と考え、次に繋《つな》げなければならない」

愚痴を言うだけなら無能でもできる。これを次に繋げることこそが大事なのだ。

「で、でも……」

「言え」

「……ジーク様は頭も良いですし、錬金術師としても、前世の知識も相まって間違いなく国一番だと思います。魔力も高いですし、魔法の腕も素晴らしいです。二十二歳という若さで3級国家錬金術師と5級国家魔術師の資格を得たのは、長いこの国の歴史でもジーク様だけでしょう」

それは当然のことだ。

「俺はそこら辺のボンクラとは違う。才能があり、上に立つべき人間なのだ」

この国一番のベステ魔法学校も首席で卒業したし、史上最年少で国家錬金術師の資格も得た。まさしくエリートであり、将来が約束された男なのだ。

「そこです……ジーク様は自然と他人を見下し、協調性もありません。自分にも厳しいですが、他人にも厳しい。恨まれて当然ですし、出世争いに負けるのも当然です。私はただの猫ですから気にしませんが、いくらなんでももう少し、他の人に柔らかく接するべきだと思います」

……はっきり言うな。

「お前、そんなことを思っていたんだな……」

何も言い返せんかったわ。

「だってぇー……もう少し、周りに優しくしましょうよー。いつも私を撫でてるみたいに」

「お前は可愛いもん」

子供の頃に契約した使い魔。特に何かをするわけではないが、そこにいるだけで心が和やかになる。

「他の人も可愛いですって」

「可愛くない。人間は醜い。一皮むけば欲望まみれで、他人を蹴落《けお》とすことしか考えてない悪魔だ」

「…………」

ヘレンが無言で鏡みたいになっている窓を見る。そこには出世欲に取《と》り憑《つ》かれた悪魔――俺が映っていた。

「くっ！　わかっている！　わかっているんだ……本当の悪魔は俺なんだろう。醜く、出世のことしか頭にない。恨まれて当然なんだ」

絶対に友達になりたくない人間だ。ましてや、これが同僚なんて最悪。皆、そう思っているのだろう。

「ジーク様、確かに飛空艇製作のチームからは外されましたが、それで出世の道から完全に逸れたわけではありません。他の道もあります。ちゃんと反省し、これからは他人を思いやりましょう。このままだと一生独身ですよ」

別に独身でも構わないが、今のままではマズいことは理解した。さすがに二度も失敗したらわかる。

「他人を思いやる、か……どうやるんだ？」

「あなたは悲しきモンスターですか……」

俺、わからない……思いやり、知らない。

「知らないものは仕方がないだろ。俺の二度の人生には、まったく必要のないものだったんだよ」

「では、私がお手伝いしましょう。愛されることに特化し、人の心を完全に理解した猫ちゃんが教えてあげます」

猫の方が人の心に詳しいのか……悲しい。

翌日、二日酔いで頭が痛かったが、自作の二日酔いの薬を飲んで治し、仕事場である錬金術師協会本部に出勤した。そして、本部のビルに入ると、三階にある自分のアトリエに行くために階段へ向かう。

「ジークヴァルトさん、ちょっとよろしいですか？」

歩いていると、正面の受付にいる赤髪の女が声をかけてきた。

「何だ？」

「ジーク様、レッスンその一です。丁寧な言葉遣いが大事です。それが優しい人間になるための第一歩です」

肩にいるヘレンが囁《ささや》いてきた。

「わ、わかってるよ」

俺は気を引き締めながら、受付の方に向かう。

「挨拶も大事ですよ」

はいはい。

「おはようございます。どうしましたか？」

ヘレンに言われた通り、挨拶と丁寧な言葉遣いを心掛ける。

「え？　あ、はい。本部長がお呼びですけど、どうしたんです？」

受付の女が驚いている。

「どうしたとは？」

「いや、今まで私に挨拶なんてしたことなかったじゃないですか」

え？　そうだっけ？　俺、ここで三年は働いてるんだけど……。

「昨日、ウチの飼い猫が『お前、感じ悪い』って言うもんでな。そんなことないよな？」

そう聞くと、受付の女が何も言わずに真顔になった。

「ジーク様、この表情を見れば、さすがにわかりますよね？」

うん。めっちゃ嫌われてる……。

「……何が悪かったのかな？」

ヘレンに小声で聞いてみる。

「挨拶を無視する、他人を見下す、そして何より、あなた、いまだに私の名前すら知らないでしょう？」

ヘレンに聞いたのに、受付の女が答えた。

「…………」

だって、受付の名前なんて覚える必要ないし……いや、わかっている。これがダメなんだろう。

「ハァ……本部長がお呼びです。至急、本部長室まで行ってください」

受付の女が階段を指差したので、トボトボと歩いていく。

「もう手遅れじゃないか？」

俺、想像以上に嫌われているわ。

「大丈夫ですよ……ジーク様には私がついています！」

いや、俺より先にお前の心が折れてないか？

階段を上がっていき、五階の本部長室の前まで来ると、扉をノックした。

「ジークヴァルト・アレクサンダーです」

『入れ』

中から女性の声が聞こえてきたので扉を開け、中に入る。すると、デスクに肘《ひじ》をついている黒髪の女性がいた。

「おはようございます、本部長」

「ああ、おはよう」

「受付からここに来るように言われましたが、いかがしました？」

「いかがしました、か……軍の飛空艇製作チームから外れた翌日にのんきなものだ」

のんきじゃない。今でもひどく傷付いている。

「私の能力がなかったのでしょう」

「そうだな。お前は無能だ」

ぐさっ。

「ご期待に添えず申し訳ございません」

傷付きながらも頭を下げる。俺を推薦してくれたのは本部長なのだ。

「ハァ……アウグストが手を回したことは？」

「想像はついております。あの男はプライドだけは一流ですので」

「そうだな……まあ、こういうこともあるし、次に繋げてほしい、と言いたいのだがな」

ん？

「どうしました？」

「アウグストの奴はお前を相当、恨んでいるようだな。フリーになったお前を他のチームに入れようと打診したが、そのすべてに断られた」

え？

「すべてですか？」

本部のチームがどれだけあると思っている。軽く百は超えるぞ。

「そうだ。アウグストが圧力をかけた」

「そうですか……」

そこまでするか、あいつ……。

「だがな、ジーク……確かにあいつの家は強いし、圧力もかけられよう。しかし、そんなものは跳ね返そうと思えば跳ね返せる。ここは国家錬金術師の総本山だぞ」

わかっている……それもわかっているんだ。

「その跳ね返す労力に私が見合わなかったのでしょう」

「お前は賢いな。本当に賢い。だからはっきり言ってやろう。そうだ」

知ってる。

「すべては私の力がなかったこと。ご迷惑をおかけします」

「本当だよ。私はお前を高く買っていた。子供の頃から優秀で、人には思いつかないものを思いつき、それを実現してきた。その貪欲《どんよく》ともいえる向上心は素晴らしいものだ。数いる私の弟子の中でもお前に勝る者はおらん」

孤児だった俺は子供の頃に本部長に見出され、師事していた。だから孤児で庶民の出の俺が王都のベステ魔法学校にも通えたし、ここで働けたのだ。そのすべては本部長が推薦してくれたから。

「過分な評価です」

「まったくだ。３級の国家資格を持つ者が、百を超えるチームから門前払いは逆にすごいわ。よくもまあ、これだけ私の顔に泥を塗れたものだな」

「申し訳ございません」

何も言い返す言葉が思いつかない。錬金術や魔法を教えてもらい、推薦までしてくれた。そして、奨学金なんかの保証人にまでなってくれた後見人であり、恩師なのだ。

「ハァ……魔法や錬金術よりも先に人としての道を教えるべきだったわ。後の祭りだがな」

あ、やっぱりもうダメっぽい。

「本当に申し訳ございません」

「もう良いわ、バカ。ほれ、お前の次の職場だ」

本部長が紙を取り出してデスクに置いたので、一歩前に出て、紙を取った。そして、書かれている辞令を読んでいく。

なるほど……リートの町に異動、か。

「ジーク様、リートってどこですか？」

一緒に辞令を見ていたヘレンが聞いてくる。

「南の町だな」

俺はこの国の町の名前はすべて覚えている。だからこの辞令の意味することがわかった。

「良い町だぞ。穏やかだし、海も近いし……まあ、ここからはかなり遠いがな」

本部長がタバコを取り出し、火を点けながら教えてくれる。

「どうしてここに？」

「錬金術師の数が足りないんだと」

「そうですか……」

「交通費は出してやるから、飛空艇を使ってもいいぞ」

そりゃありがたいね。遠いから引っ越し代もバカにならない。

「期間は？」

「書いてあるか？」

「いえ……」

空欄だな。期間は未定。つまり一生の可能性もあるということだ。要は左遷か……出世の道は絶たれたな。

「じゃあ、そういうことだ。一からやり直せ、バカ弟子」

本部長がしっしと手を振る。

「失礼します」

頭を下げて退室すると、階段を下り、自分のアトリエに向かった。

◆◇◆

ジークが部屋を出ていき、天井に広がっていく白煙を見上げていると、ノックの音が聞こえてきた。

「何だ？」

そう聞くと、ゆっくりと扉が開かれ、金髪の男が部屋に入ってくる。

「本部長、失礼します」

「クリスか」

部屋に入ってきたのはクリストフという名の弟子だった。ジークの兄弟子に当たり、こいつも3級の国家錬金術師だ。

「はい。ジークがリートの町に転勤と聞きましたが？」

情報が早いな。ジークから聞いたか？　いや、ジークが人に話すわけないか。

「あのバカ、あちこちにケンカを売りすぎだ」

「そういう奴でしょう。私も長い付き合いですが、何度も殴りたいと思いました」

「私もだよ」

ジークは子供の頃から優秀を通り越して天才だった。だが、兄弟子であるクリスのことも見下していたし、時には師である私すら鼻で笑う時があったくらいだ。

「アウグストですか？」

「そうだな」

「無視すればいいでしょう。ジークを失うのは痛すぎます。確かにあいつは性格に難がありますが、実力は確かです。華の五十期の首席ですよ？」

華の五十期……王都のベステ魔法学校の五十期生は魔法使いの名門や名家、さらに実力者の弟子達が同時期に入学した最高の期と呼ばれている。だが、その頂点にいたのは奨学生のジークだ。あいつは在学中に国家錬金術師の資格を5級まで取り、他をまったく寄せ付けなかった。もちろん、あんなんだから、同期からすら嫌われていると聞いている。

「アウグストだけなら良かったんだけどな。あのガキ、親を使って圧力をかけた」

「アウグストの親？　確か魔術師協会の本部長でしたか？」

「そうだ。それでジークを魔術師協会に出向させろって言ってきた」

ジークはバカにバカにされたくないという理由だけで、5級の国家魔術師の資格も取っている。

それを聞いた時はお前こそバカかと思った。

「見え透いてますね。北部の最前線に送る気でしょう」

この国は、北にある国と戦争状態にある。

「だろうな。だから当然、拒否だ」

ジークは魔法の腕もあるが、実戦経験なんてないし、デスクワークしかしたことがないあいつが戦えるわけがない。それどころか北部でも嫌われて、敵より先に味方に殺されそうだ。

「ジークを守るための左遷ですか？」

「いや、どこのチームもジークを要らないって言ってきたから、どこかに転勤させる予定は変わっていない」

よくもまあ、それほど嫌われるもんだわ。間違いなく、国の中でトップクラスの本部で最高の錬金術師だというのに。

「それでリートですか？　せめてもうちょっと良いところはなかったんです？　リートなんて辺境の田舎じゃないですか」

「それぐらいがあいつにはちょうどいい。上ばかり見て、自分の足元を見ていないバカが頭を冷やすのには良い機会だ。田舎で一からやり直させる」

「あいつが変わりますかね？　多分、本当に自分以外は無能だと思っていますよ」

庶民で孤児なのに貴族相手にもそう思っていて、その態度を隠しもしないからな。

「それでも変わらんようなら、あいつはもうダメだ」

救えんわ。

◆◇◆

本部長室を退室した俺は階段を下り、自分のアトリエに向かう。そして、片付けを始めた。

「あ、あの、ジーク様？　先ほどの辞令は？」

ヘレンがおそるおそる聞いてくる。

「田舎に飛ばされた。左遷だ、左遷」

「え……」

「良い言い方をするならば、ここに俺の居場所はないから、俺のことを誰も知らない地で一からやり直せってこと。師匠の最後の優しさだな」

実質、クビ宣言だったけど。

「ジーク様……」

「ハァ……二度目の人生も失敗した」

二度の失敗でようやくわかった……俺は性格が悪いんだ。本部長は向上心と言ってくれたが、要は他人を蹴落《けお》とすことしか頭にない悪魔。アウグストと一緒だわ。

「失敗ではありませんよ！　ジーク様はまだ若いですし、やり直せます！」

師匠はそう言いたかったんだろうな。

「わかっている。人は失敗を糧にするものだ……でも、なんか疲れたな」

出世の道は絶たれた。何のために生きればいいのだろう？　いや、今さらながらそもそも出世して、その先に何があるんだろう？　金？　女？　良いものを食べたい？　金は生きる分だけあればいいし、女も不要。ロクな育ちじゃない俺にとっては食べ物なんて何でも美味い。俺に必要なのは……何だ？

「ジーク様？」

「もう……いいか」

「ジーク様ぁ⁉　ダメです！　お気を確かにー！」

ヘレンが顔に張りついてきた。前が見えない。

「いや、死なんわ。死ぬって怖いし、辛いんだぞ」

経験者だからわかる。あの身体が急速に冷えていく感覚は恐怖だ。

「あ、そうですか」

落ち着いたヘレンがデスクに飛び降りたのだが、いまだに心配そうに俺を見上げていたので、そんなヘレンを撫《な》でる。ヘレンとは子供の頃から一緒だった。友人もおらず、家族もいない。仕事ばかりをして、ロクに趣味もないし、彼女もいない。そんな俺でも大事なものはある。それがヘレンだ。

「人生で大事なことは何か、か……」

前世も今世も最初は生きるために学び、努力をしてきたと思う。でも、すでに俺は生きるだけの金を得られる立場にある。これ以上は……？

「ジーク様？」

俺のつぶやきにヘレンが可愛らしく首を傾げた。

「一度目の人生も二度目の人生も出世に失敗した。もう出世は三度目に期待するか……」

「三度目があるんですかね？」

「さあな。どちらにせよ、もう王都での出世は無理だ。リートでやり直すしかない」

「リートでも出世はできますし、幸福な人生を送れますよ！」

そうだな……その通りだ。俺にはヘレンがいる。

「ヘレン、リートでは失敗しないようにしたい」

「お任せを！　使い魔としては何もできない私ですが、アドバイスはできます！」

俺にはもったいないくらい良い使い魔だわ。

「よし、ここにいると惨めなだけだし、急いで片付けるぞ」

「手伝います！」

俺達は私物を纏《まと》め、空間魔法で収納していく。そして、掃除をし、最後に受付にお世話になったことと、迷惑をかけたことを伝えて、家に帰った。家に帰ってからも荷物を纏めていき、大家さんに部屋の解約の旨を伝える。町を出る準備はとんとん拍子に済み、この時に『あー、挨拶《あいさつ》をする人すらいないんだなー』って思ってちょっと暗くなった。

すべての準備を終え、荷物を空間魔法に収納すると、ヘレンと共に空港に向かい、チケットを購入する。そして、搭乗の時間までベンチに腰かけ、待つことにした。

「ジークさん」

俺の名を呼ぶ声がしたので振り向くと、そこには錬金術師協会本部の受付の女が立っていた。一瞬、誰かわからなかったが、出勤最後の日のことがあったので思い出せたのだ。

「お前か……今日は休みなのか？」

何してんだろ？

「そうですね。せっかくなので見送りに来ました」

ん？　俺のか？

「なんで？」

「同僚を見送るのに理由がいりますか？」

俺なら必要だな。もちろん、誰かを見送ったことはないが……。

「どうも」

「ジークさん、リートに着いた後の住まいは考えておられるのですか？」

「いや、さすがに着いてから探す。それまではホテル暮らしだろうな」

もしくは、職場のアトリエで寝る。辺境の地といえど、個人のアトリエくらいはさすがにあるだろう。

「そうですか。では、これをどうぞ」

受付の女が何かのチケットを渡してきたので見てみると、知らないホテルの名前が書いてあった。

「これは？」

「リートにあるホテルの優待券です。去年、友人を訪ねて、そこに泊まった際にもらったものですね。あげます」

「どうも。えーっと……」

結局、名前を聞いていなかった……。

「ハァ……自己紹介をしましょうか？　後悔すると思いますけど」

「いえ……すみませんが、お名前を」

後で礼状を送らなければならない。

「アデーレです。アデーレ・フォン・ヨードルです」

「……………」

やっべー。めっちゃ聞いたことある。そりゃ、俺の悪かったところを率直に言うわ。

「ク、クラスメイトでしたか……本当に申し訳なく……」

しかも、貴族令嬢だ。無礼にもほどがある。

「ええ。ベステ魔法学校で三年間も同じクラスで学んだアデーレです。私があなたを嫌いな理由がわかりましたか？」

ものすごくわかる。ずっと同じ学び舎で学んできたクラスメイトが就職先で再会したのに、顔も名前も覚えてないのは論外だ。しかも、挨拶を無視って……。

「大変、申し訳なく思います」

「その反省を忘れずに。そして、あなたは私達の期の首席であり、代表であることを忘れないでください。では、友人のリートの町でのご活躍を祈っています。ごきげんよう」

アデーレが優雅に去っていく。

「ごきげんよー……」

「めちゃくちゃいい子じゃないですか。何をしているんですか……」

わざわざ見送りに来て、餞別《せんべつ》の品までくれたしな。

「向こうに着いたら礼状と謝罪文を書こう」

「それがよろしいかと思います」

去っていくアデーレの後ろ姿を眺めていると、時間になったので飛空艇に乗り込む。そして、飛空艇が飛び立ち、転生してから二十二年間も過ごした王都を後にした。

飛空艇に乗り、ひたすら考え事をしていると、ポーンという音が鳴る。

『まもなくリートに到着します。お降りのお客様は準備をお願いします』

スピーカーからアナウンスが聞こえてきたので窓の外を見ると、海や森、それに一面に広がる畑が見えていた。

「自然豊かだな」

「良いではありませんか。私はこういう風景も好きです」

そういえば、前世で、同僚が田舎暮らしに憧《あこが》れがあるみたいなことを言っていたことを思い出す。

その時は『田舎って飛ばされるところで良いイメージなんかない』って返したな。

今思うと、田舎の人をバカにしているし、人の憧れを否定するような発言だ。嫌われる要素しかない。しかも、そう言っていた俺が飛ばされたのだから一つも面白くない。

「田舎って何をするんだ？」

「逆に聞きますけど、都会では何をしてたんですか？」

……さあ？

「そうだな。趣味もなく、友人もいない俺には関係なかったわ」

どこでも一緒だ。

「これから頑張りましょう。まずは職場の方と友好な関係を築くことです」

「わかっている。アウグストの件もだが、それ以上にアデーレの件はさすがにない」

俺、アデーレが見送りに来なかったら一生、毎日顔を合わせている受付嬢が同級生であることに気付けなかったわけだし。同窓会なんかに出る気はないが、とんでもない悪口大会が開かれていたはずだ。

「それとですが、ジーク様はもう少し、心にゆとりを持つべきだと思います」

「ゆとりとは？」

「ジーク様は真面目な方ですが、若干、ワーカホリックなところがあります。もう少し、プライベートを大事にされた方が良いと思います。このままでは結婚もできず、孤独死ですよ」

結婚ねー……。

「せんでいいんだがなー。俺にはお前がいる」

むしろ、お前さえいればいい。

「ジーク様……嬉《うれ》しいんですけど、悲しいことを言わないでください」

「はいはい。プライベートを大事にだろ？　別に女に限ったことじゃない。海にでも行って魚を獲ってやるよ」

そういう魔道具を作ってやろう。

「わぁ！　素敵です！」

ヘレンが嬉しそうに見上げてくる。

なんて可愛い子なんだろうか。前世で、猫を飼ったら婚期が遠のくと聞いたことがあったが、まさしくだな。この子以外、俺に必要なものなんかない。

ヘレンを撫でていると、飛空艇が着陸態勢に入り、徐々に降下していった。そして、完全に動かなくなったので席を立ち、飛空艇から出る。ドックに収まった飛空艇から繋《つな》がった渡し板を歩き、ゲートを抜けると、町中にやってきた。

「思ったより、栄えているな」

辺境の地と聞いていたのでもっと田舎町かと思っていたが、普通に栄えている。王都のような華やかさはないが、落ち着いていて、悪くない。道もちゃんと石造りで舗装されているし、建物も古いながらビルが並んでおり、近代という気がする。

この世界は現代日本のように発展しまくっているわけではない。だが、かなり近代に近く、飛空艇、列車、電話なんかもある。ただし、それらは全部、科学ではなく、魔法だ。もっと言うと、それらを発展させてきたのが錬金術なのだ。

「全然、都会じゃないですか」

「確かにな。さて、俺はこの地からやり直す。まずは絶対にやらなければならないことは同僚に嫌われないことだ」

それが大事。

「よろしいと思います」

「頼むぞ、ヘレン」

お前だけが頼りだ。

「お任せください」

「よし。では、挨拶に行くか」

出勤は明日からということになっているが、俺は生まれ変わった。ちゃんと事前に、挨拶に行くのだ。まあ、ヘレンにそうしろって言われたからなんだが……。

「支部はどこですかね？」

「住所はわかっているんだが……」

地図がないからわからんわ。まあ、どっかに案内図があるだろ。

そう思って歩き出すと、通りの端にいる女が目に入った。普段なら無視するが、その女は何かの紙と俺を見比べながら、がっつりこちらを見ているのだ。

「お知り合いです？」

ヘレンも気付いたようで聞いてくる。

「うーん……知り合いなんていないんだが……」

とはいえ、アデーレのことがある。忘れているだけかもしれない。この町に来たことはないが、ベステ魔法学校の生徒は色んな町から来るし、同級生ということも十分にありえるのだ。

そう思ってその女をよく見てみる。女は肩ぐらいまで伸びた銀髪であり、花の髪留めをつけている。背はそんなに高くなく、百五十五センチあるかないかだ。体つきは全体的に細いものの、女性らしい曲線を描いていた。顔は優しそうな雰囲気であり、可愛らしい。

「知らんな」

誰だ、あいつ？　もしかして、こんな空港の近くでキャッチか？

「ホントですー？　ジーク様は前科がありますからねー」

わかっとるわい。でも、今度は本当にわからないのだ。

飛空艇に乗っている時にベステ魔法学校の卒業名簿を見て、顔を思い出すという作業をしたから間違いない。なお、その際に思い出したのだが、アデーレはクラスメイトどころか実習でも同じ班だった。俺は嫌われていたことに傷付いていたが、忘れられていたアデーレはそれ以上に傷付いていたことだろう。

「うーん……とりあえずは無視だな」

「ジーク様ぁ……」

ヘレンの情けない声で選択肢を間違えたかなと思っていると、向こうからこちらにやってきた。

これはさすがに無視できないので、そのまま待つことにした。

「あのー、ジークヴァルト・アレクサンダーさんでしょうか？」

俺を知っている？

「誰だ、お前？」

失せろ。

「ジーク様ぁ⁉ 私の話を聞いてました⁉ 丁寧な言葉遣いが大事って言いましたよね⁉」

失せろは口に出さなかったのに……。

「すまん。もう一回やり直してもいいか？」

「え？ あ、はい」

女は頷《うなず》くと、何故か離れていく。そして、数メートル離れた後にこちらを振り向き、近づいてきた。

「あのー、ジークヴァルト・アレクサンダーさんでしょうか？」

え？ そこから？

「……ええ。私がジークヴァルトですが？ 失礼ですが、どこかでお会いしましたかね？」

肩にいるヘレンが満足そうに頷いている。

「いえ、私は錬金術師協会リート支部に所属しているエーリカ・リントナーです。ジークヴァルトさんのお迎えに上がりました」

同僚だったのか……やり直して良かったー……。

「それはありがとうございます。しかし、私の出勤は明日ですよ？」

「ジークヴァルトさんは王都出身と伺いました。この町に詳しくないでしょうし、案内しようと思ったんです」

エーリカがニコッと笑った。すると、ぐにゃーとエーリカが歪《ゆが》んでいく。

「おー……ヘレン、目の前が歪んでいくぞ」

「ジーク様ぁ⁉　お気を確かに！　浄化されないでください！」

これが人間性の違いか……俺はそんなことを考えもしないというのに……。

「ど、どうしました？　ご気分が優れませんか？　もしかして、長旅で？」

「い、いや、何でもないです。申し訳ないですが、支部に案内してくれないでしょうか？　支部長に挨拶《あいさつ》をしたいのです」

「はい。こちらです」

エーリカが笑顔で頷いて歩き出したので、俺達はついていく。町並みを眺めながら歩いているのだが、王都ほどじゃないものの、人も多く、賑《にぎ》わっているように見えた。

「エーリカさんは錬金術師なのですか？」

「はい。昨年、10級に合格しました」

ほう……若そうに見えるのに、超難関の国家資格を取得するとは素晴らしいな。

「エーリカさんは優秀なんですね」

「いえ、そんなことは……あ、あの、敬語じゃなくても良いですし、呼び捨てで構いませんよ？」

ん？　呼び捨てでいいのか？

「ヘレン、この場合はどうすれば？」

ヘレンに確認してみる。

「え？　普通にそうすればいいんじゃないですか？」

それもそうか。

「ヘレンちゃんって言うんですか？」

エーリカが肩にいるヘレンを見ながら聞いてくる。

「ああ。俺の使い魔のヘレンだ」

なお、名前はヘレン・ケラーから取った。使い魔というのは主を補佐するのが役目だ。だから教育、福祉に貢献したことで高名な前世の偉人から名前をもらったのである。

「へー、可愛いですね！」

ほう……さすがは超難関の国家資格を取得しただけのことはあるな。見る目がある。

「どうぞ」

肩にいるヘレンを掴《つか》むと、エーリカに渡した。すると、エーリカが両腕で抱く。

「ヘレンって言います。よろしくです」

ヘレンが自己紹介すると、エーリカがさらに笑顔になった。

「はーい。よろしくねー。黒猫の使い魔と一緒にいるのがジークヴァルトさんって聞いたんですよ」

なるほど。だから紙と俺を見比べていたんだ。

「ジークヴァルトは長いだろう？　ジークでいい」

皆、そう呼ぶ。

「わかりました。ジークさんは錬金術師なのに魔術師でもあるんですね」

使い魔がいるのは魔術師だけだ。錬金術師は道具をひっくり返しそうな使い魔を持たない。ウチの子はそんなことをしないがな。

「師が両方できたんで両方習ったんだ」

もちろん、本部長のことだ。彼女も鷲《わし》の使い魔がいるが、ウチの子がビビりまくるので協会で会うことはない。

「素晴らしいですね。優秀な錬金術師とお聞きしていますが、そこからさらに国家魔術師の資格も取られるなんて尊敬します」

エーリカはヘレンを返しながら笑顔で褒めてくる。その笑顔には一つの嫌味もない。この子、すごく良い子だな。

「いやいや、エーリカも国家錬金術師なんだろう？　その若さですごいことだ。歳はいくつなんだ？」

「ありがとうございます。今年で二十歳です」

やはり若い……優秀なんだろうな。

「王都に行く気はないのか？　それだけ優秀なら出世できると思うぞ」

……俺と違って人間性もばっちりだし。

「いえ、私はここの生まれですし、この町に貢献したいんです。王都に憧れがないわけではないですが、それでも故郷をより良いものにしたいと思っています」

ふーん。人間ができているな。

「なあ、ヘレン、俺とこいつは同じ人間か？」

明らかに違わない？　故郷をより良くなんて前世を含めても考えたことない。

「ジーク様、エーリカさんが良い手本です。これぞ善。魂を浄化されてください」

結局、浄化されるんかい。

「あ、そうだ。エーリカ、シーサイドホテルって知ってるか？」

「ええ、町の西にあるホテルですね。今日はそこにお泊まりですか？」

「ああ、知人……いや、友人に優待券をもらったんだよ」

アデーレは友人と言っていたし、友人だろう。人生で初めての友人だよ……ひどいことしたけど。

「へー、良いご友人ですね」

ホントにね……。

「まあな」

その後も歩いていきながらエーリカが町のことを説明してくれる。この町は辺境とはいえ、海や森も近いため、食や資源が豊からしい。人も穏やからしく、住むにはとても良いところだそうだ。

そういう説明を受けていると、エーリカがとあるビルの前で立ち止まる。ビルの看板には【錬金術師協会　リート支部】と書かれている。

「ここが支部になります」

支部となっているビルは三階建てであり、王都の本部と比べると、縦にも横にも小さい。まあ、それは仕方がないことだとは思う。しかし、なんかさびれているような……。

「案内してくれてありがとう。支部長はおられるか？」

「はい。支部長室におられます」

「挨拶がしたい」

「わかりました。どうぞ中へ」

エーリカにそう言われたので中に入ると、一階は本部と同じでエントランスとなっており、受付や待つためのソファーなんかが置かれている。だが、人っ子一人いなかった。

もしかしたら今日は休日なのか？　王都では休日でも受付に誰かがいたはずだが、まあ、田舎だしな。

「支部長室は？」

「あ、そちらです」

エーリカが受付内にある扉を指差した。

「一階なのか？」

本部では最上階の五階だった。偉い人間は上にいると思うんだが。

「はい。二階がアトリエで三階に素材なんかの倉庫があります」

「ふーん」

まあ、その支部ごとの考えや方針があるか。

「じゃあ、こっちに来てください」

エーリカがそう言って、受付に歩いていったので俺達も続く。扉の前に来ると、エーリカがノックをした。

「支部長、ジークヴァルトさんが挨拶に見えました」

『あー、入ってくれ』

部屋の中から男の声が聞こえると、エーリカが扉を開け、中に入る。俺達もそれに続くと、部屋の中にはデスクにつく体の大きい四十代くらいの男がいた。男は白髪交じりの黒髪であり、さらには髭《ひげ》も生えている。正直、デスクワーカーよりも軍人に見えた。

「支部長、ジークヴァルト・アレクサンダーさんです」

俺が支部長にものすごい違和感を覚えていると、エーリカが俺を紹介してくれた。

「初めまして。ジークヴァルト・アレクサンダーです。明日からここで働かせていただきます」

挨拶をし、一礼する。

「おう！　俺はヴェルナー。一応、姓まで名乗っておくと、ヴェルナー・フォン・ラングハイムだ」

貴族か……錬金術師っぽくないと思ったが、多分、天下りだな。前世も今世もよくあることだが、俺は別にそれを否定しない。上が考えることだし、俺の邪魔さえしなければいいのだ。まあ、たまにすげー邪魔してくる奴もいるんだけどさ。

「支部長、ジークさんは魔術師でもあるそうですよ」

エーリカが変わらない笑顔で支部長に言う。

「知ってるわ。こちらにもちゃんと書類が届いているからな。それにしてもまあ、ガチのエリートだな」

支部長が何かの書類を見る。いやまあ、俺の経歴書だろうけど。

「そうなんです？」

「史上最年少で国家錬金術師の資格を得て、これまた最年少、しかも、最速で3級になってる。さらには国家魔術師の資格も5級だ」

「3級⁉　しかも、国家魔術師も5級って……」

「そう書いてあるな。3級なんてこの国に百人もいない」

「おー……雲の上です。もはや、同じ錬金術師に思えませんね」

俺も同じ人間だと思えないよ。もちろん、光と闇という意味でね。俺が闇……。

「ただ、左遷か……人間的によろしくないらしい」

「え？　そうなんですか？　優しい方に見えますけど」

ありがとうよ、エーリカ……涙が出そうだよ。というか、支部長は本人の前で言うか？

「いや、そう書いてある。殴ってでもいいから性根を叩《たた》き直してほしい、だってさ」

「ぼ、暴力はダメですよ！」

絶対に本部長だ……。

「わかっとるわ。しかし、本部長ともあろう者がすごいことを書くな……」

支部長が呆《あき》れている。

「本部長は私の師なのですよ。それに後見人でもあります。私は孤児なので」

「なーるほど。それならわかるわ。これは師匠兼親だからだな」

支部長が見ていた紙をゴミ箱にポイッと捨てる。

「本部では色々と失敗したのです」

「そうか……まあ、そういうこともあるだろう。とにかく、明日から頼む」

「わかりました」

改めて、一礼した。

「エーリカ、ここのことは説明したか？」

支部長がエーリカを見る。

「いえ、まだです。これからアトリエに案内しようかと思っています」

「そうか……ジークヴァルト、支部の案内の前に、現在の支部の状況を説明しようと思う」

ん？

「状況ですか？」

「そうだ。現在、この支部に所属している人間は四人だ」

は？

「四人？　それだけですか？」

いくらなんでもありえない。田舎とはいえ、その十倍はいてもおかしくないはずだ。いや、この町の規模を考えると、もっといてもいい。

「そうだ。今ここにいる三人の他にはもう一人しかいない。そいつは現在、出張中だ」

俺を含めてたのか……じゃあ、昨日までは三人？　ありえなさすぎる。

「一応、確認させてください。私以外の三人は錬金術師ですよね？」

「俺が錬金術師に見えるか？　元軍人で退役後にここの支部長になったんだぞ」

やっぱり天下りっぽいな。

「となると、二人？」

「ああ。そこのエーリカと出張中のレオノーラだ。共に10級になる」

10級……いや、国家資格を持っているだけでもすごいんだが、10級って一番下だぞ。そんなのしかいない支部って……。

「あの、どういうことでしょう？　はっきり言いますが、異常です」

「そうだな。この業界に詳しくない俺でもそう思う」

「何かあったんですか？」

「まあ、簡単に言うと、この町は公務員の錬金術師より民間の錬金術師の方が強いってことだな」

錬金術師というのは民間にもいる。薬屋や武器屋なんかにもいるのだ。もちろん、民間の資格は必要だ。

「民間の方が強いというのはどういうことでしょう？」

ちょっと考えにくい。民間は多くても十人程度で経営する一アトリエに過ぎない。協会とは規模が違うんだ。

「俺もこっちに来てから知ったことなんだがな、国家錬金術師になるような奴は優秀で頭が良い」

「そうですね」

「ジーク様」

あ、いけね。うっかり本当のことを……。

「そんなことありません。努力すれば誰でもなれます」

「そんな戯言はどうでもいい。10級のエーリカですら才能がある」

「それはそうでしょう。二十歳の若さでの合格は素晴らしいと思います」

国家錬金術師の試験は10級でも非常に難しい。毎年、万を超える人間が受け、その九割が落ちているくらいに難易度の高い試験なのだ。

「在学中の十六歳で資格を取ったお前が言うと、嫌味にしか聞こえんな……」

そんなつもりはないのに……事実を言っただけなのに……。

「と、とにかく、才能が要るのはわかりました。しかし、それが何だと？」

「まあ、当たり前のことなんだが、才能がある奴っていうのはみーんな、王都なんかの都会に行くんだよ。それこそ9級、8級なんかになる奴はこんな辺境の地を出ていく。残ったのは地元愛の強いエーリカみたいな奴や家業がある連中だ」

そういうことか……この町に家業がある奴は民間に行くもんな。それで二人……。

「いや、それにしても二人は少なすぎませんか？」

「昨年は十人いた」

十人か……それでも少ないが、今より八人も多かったんだ。

「その八人は？」

「北部のでかい町の支部に引き抜かれた。大規模な飛空艇開発があるんだと。それで希望者を集めた」

錬金術師協会は各支部がある程度、独立しており、そういう引き抜き合戦が多い。

「しかし、それでも二人はおかしいです。支部が維持できません。本部に抗議するべきでしょう」

「したぞ。結果、本部長がお前を送ってくれた」

確かに俺なら、八人分ぐらいならカバーできるが。

「それでも三人は少なすぎです」

「そうだな……その辺りは俺の能力のなさもある。悪いが、俺はこの業界に詳しくないんだ」

軍人だもんな……そこに期待してはいけないか。

「厳しいですね」

「ああ。だからこそ、お前に期待したい」

過労死が見えてきたな……。

「力は尽くしますが、無理なような気がしますよ」

「わかっている。だが、俺には伝手がない。人事もお前に任せるから、良いのがいたら引き抜いてこい」

多分、あなた以上に伝手がないです。人望も……。

「ハァ……わかりました。とにかく、やってみましょう。話はそれからです」

「頼む。力はいくらでも貸す。なんかトラブルがあったら言え。解決してやるぞ」

さすがは貴族様。錬金術師関係では頼れないが、後ろ盾にはなってくれるということだ。

「ありがとうございます」

「うむ。エーリカ、案内してやれ」

支部長は頷《うなず》くと、エーリカを見る。

「はい。ジークさん、アトリエを案内します」

エーリカがそう言ってきたので支部長室を後にし、戻ったエントランスを見渡す。

「人がいないから休みなのかなと思ったら二人だけだったのか」

受付、意味ねー。

「はい。皆、いなくなっちゃいました。止めようかと思ったんですけど、さすがに給料が倍と聞くと……」

二倍はすげーわ。

「エーリカは行こうとは思わなかったのか？」

「当時の私はまだ新米でしたし、自信がありませんでした。それにやっぱり地元がいいです」

さっきもそう言ってたな。

「そうか……もう一人のレオノーラとやらは？」

「レオノーラさんは自由にやりたいって言ってましたね。この支部って支部長がほとんど干渉してこないんですよ」

まあ、軍人だしな。完全にお飾りだろう。

「レオノーラはいつ帰ってくる？」

「一週間後だと思います」

一週間……結構いないな。まあ、いないものは仕方がないか。

「わかった。アトリエに案内してくれ」

「はい。こちらです」

エーリカが階段を上っていったので俺も続く。そして、階段を上り終えると、ちょっとびっくりした。何故なら階段のあとには廊下があり、アトリエとなる部屋がたくさんあるのだろうと思っていたからだ。だが、目の前には廊下も扉もない。ただ、広い空間に対面形式で二列に並んだ机や作業機械などが置いてあるだけだった。前世の会社のフロアや職員室を思い出す感じである。

「え？　個室ないの？」

「ないです。ここで皆でやってます。もっとも、ここのところは私一人ですけど……」

それはちょっと寂しいな。ただでさえ、一人だろうに、こう広いとより孤独感が増すだろう。俺も前世の若い時の一人で日を跨《また》いだ残業を思い出してなんか嫌だ。

「まあ、別にいいけどな……なあ、仕事場にヘレンを連れてきてもいいか？」

使い魔とはいえ、イタズラ好きの印象がある猫を嫌がる者は多い。個人のアトリエがあるなら問題ないが、共同フロアとなると確認しないといけない。

「ヘレンちゃんが来てくれるなら嬉《うれ》しいです。大人しい子ですし、癒しですよ」

わかってるな、こいつ。やはり優秀だ。

「俺の席はどこだ？」

「どこでもいいですよ。あそこの奥にあるデスクが私とレオノーラさんです」

エーリカはそう言って、フロアの一番奥にある対面したデスクを交互に指差した。

「ちょっと待ってな……ヘレン、どう思う？」

エーリカにちょっと待ってもらい、ヘレンに相談する。

「はい？　どう思うとは？」

「俺のデスクの場所だ。今までの俺なら二人から一番遠い手前のデスクにする」

「え？　なんでですか？」

「仕事に集中するためだ」

決まっている。私語なんかせん。

「三人どころか二人しかいないのに離れるんですか？　これから協力して仕事をし、支部を盛り上げようとしているのに？　ないですよ」

ダメなのか……。

「エーリカ、隣でもいいか？」

「はい！　是非！」

すげー良い笑顔……。

「ジーク様、これが善です。ジーク様は同じことを聞かれて、『なんで？』と聞き返すでしょう。どちらが好感を持てますか？」

ホントだ……もし、エーリカが『なんで？』って聞き返していたら、めちゃくちゃショックだった。そりゃ嫌われるわ。

「あのー、さっきからなんでヘレンちゃんに色々聞いているんですか？」

さすがにエーリカも気になっていたようだ。

「人間力を上げる訓練中なんだ。気にしないでくれ。それよりも荷物を置いていいか？」

「あ、そうですね。どうぞ、どうぞ」

エーリカと共にフロアの奥に行くと一番奥のエーリカの席の横のデスクに空間魔法から取り出した荷物を置いていく。

「おー、空間魔法ですか！　さすがは5級の魔術師ですね！」

「まあな。学校の皆は魔法のカバンを使っていたけど、俺はそれを買う金がなかったから覚えた」

「すごいですね～」

まあ、楽しかったから苦ではなかった。魔法だもん。前世ではおとぎ話に出てくるものだ。

「エーリカの対面がレオノーラか？」

「はい。これで正面と横が埋まりました。良かったです」

俺の正面と右横は空いてるよ。別にいらんがな……あ、いや、人を増やさないといけないんだった。

その後、持ってきた私物の仕事道具をデスクの引き出しに入れ終えると、椅子に座り、一息つく。

隣にはエーリカも座っており、ニコニコしながら俺を見ていた。

「そんなに嬉しいか？」

「明日も休んでいいですか？　そしたら私の気持ちもわかると思います」

まあ、こんな広いフロアで一人は嫌だわな。家で仕事した方が良い。

「明日もって……今日が休みだったのか？」

「ええ」

休みの日に同僚を案内……すごいわ。

「悪いな」

「いえいえ。ジークさんはこれからどうされるんですか？　せっかくなんで仕事します？」

休みなのに？

「いや、俺は部屋を決めなきゃならん。今日は友人からもらった優待券でホテルだが、明日から住むところがない」

アトリエがまさかの共同だったし、このままではホテル暮らしだ。貯金が尽きてしまう。

「でしたら案内しましょうか？　不動産屋も知っています」

さすがは地元民だ。

「いいのか？　休みなんだろ？」

「それくらいお安い御用ですよ。どうせ暇ですしね」

この子、後光がさしてない？

「じゃあ、悪いけど、頼むわ」

「はい。どういう部屋がいいとかあります？」

「あまり無理を言う気はないが、せめて、アトリエが欲しいな。二部屋あると好ましい。でも、家賃は抑えたい」

実はこの左遷で俺の給料は半分程度まで落ちてしまっている。

「なるほど……でしたら寮に住みませんか？」

寮？

「寮があるの？」

「はい。まあ、寮と言っても支部が持っているアパートなんで、共同生活ではないですよ」

社宅みたいなものだな。

「家賃は？」

「五万エルですけど、支部の人間は割引が利くので半分です」

二万五千エルか。安いな……俺が王都で住んでいた安アパートは七万エルだった。

「内見はできるか？」

「私の部屋なら見られますよ」

「ちょっと待ってな……行っていいもんか？　失礼ではないか？」

またもやエーリカにちょっと待ってもらい、ヘレンに相談する。

「エーリカさんがいいって言ってるんですから、ちょっと見せてもらうくらいならいいと思いますよ。でも、長居はダメです。女性の部屋なんですから」

なるほど。

「エーリカ、少しでいいから見せてくれ」

「はーい。じゃあ、行きましょうか」

俺達は立ち上がると、階段を下り、支部を出た。そして、寮とやらに案内してもらうことになったのだが、エーリカは支部の横の細い道を通り、支部の裏に来ると、立ち止まる。そこには二階建てのアパートが向かい合うように二棟あった。

「ここです。例によって、住んでいるのは私とレオノーラさんだけですね。私がそこの部屋でその上がレオノーラさんです」

エーリカが左の方のアパートの手前の扉を指差す。

「支部のすぐ裏なんだな」

「そうですね。朝はゆっくり眠れますよ。通勤時間は三十秒なんで」

まあ、それはありがたいがな。

「ちなみに、支部長は？」

「支部長は別のところを借りているそうですよ」

多分、良いところだな。貴族だし。

「なるほどな。エーリカとレオノーラだけなら部屋は空いてるか」

「はい。じゃあ、部屋にどうぞ」

エーリカはそう言って、部屋の前に行くと、鍵《かぎ》を取り出し、扉を開けた。俺とヘレンはエーリカと共に部屋に入る。すると、キッチンのあるリビングだった。

「綺麗《きれい》だな」

リビングの壁紙も綺麗だし、ぱっと見は古さを感じない。

「ここはリビングです。これとは別に二部屋ありますね。もちろん、浴室とトイレ付きです。恥ずかしいので寝室は見せられないですが、アトリエに使っている部屋なら見てもいいですよ」

エーリカがそう言ってリビングにある扉を開けた。部屋の中は八畳くらいあり、本棚や色々な器材が置かれている。デスクもあり、何かの作業をしていた跡もあった。

「個人のアトリエとしては十分な広さだな」

「錬金術師協会支部の寮ですからね。防音もばっちりですよ」

なるほど。錬成で音が出たりするからな。

「見せなくていいが、寝室となっているもう一つの部屋の広さは？」

「ここと同じです」

「すごいな……割引前の五万エルでも安い。王都なら倍はする」

俺が住んでいたアパートよりも良い部屋だわ。

「あー、王都は家賃や食べ物も高いって聞いたことありますね」

そうなのか……いや、前世の日本でも東京と地方では全然違ったはずだ。そういうものなのだろう。

「ヘレン、どうだ？」

一緒に住むヘレンにも意見を聞いてみる。

「私は良いと思いますよ。広いですし、安いです。何よりも職場が近いことが良いですね。ジーク様は朝が弱いので」

眠いんだから仕方がない。

「エーリカ、俺もここに住みたいな」

「ジーク様、言い方です」

ん？　あ、確かに変な言い方だったわ。

「この寮の部屋を借りたいんだが、どうすればいいんだ？」

「申請書を支部長に提出するだけですよ。それで給料から自動的に家賃が引かれます。まあ、明日でいいんじゃないですかね？　多分、支部長はもう帰ってますし」

まだ昼なのに帰ったのか……いやまあ、天下り支部長なんてそんなもんか。

「そうするわ。今日は休みだったのに、わざわざありがとうな。おかげで助かったわ」

「いえいえ、当然のことです」

当然、か。俺はその当然ができていなかったわけだ。

「明日からよろしくな」

「はい」

エーリカの輝くような笑顔を見た後、シーサイドホテルの場所を教えてもらったので部屋を後にした。そして、教えてもらったホテルを目指して歩いていく。

「エーリカに出会えて良かった」

ふと、言葉が出た。

「急にどうしました？　ホレちゃいました？」

「違うわ。俺の今までの言動を振り返る良い機会だったんだよ」

「と言いますと？」

「エーリカは終始、優しかったし、良い子だったろう？　俺はあいつの言葉を聞きながら自分だったらどう言ったり、どう返してただろうと考えていた。そして、それを聞いた自分がどう思うかもだ」

相手の気持ちになってってやつだ。

「どうでした？」

「俺はことごとく嫌な気持ちになることしか言わなかった。そんな俺と三年間……いや、六年間も同じところにいてもなお、見送りに来てくれたアデーレは天使かなんかじゃないかと思うくらいだ」

「実際、そうなのでは？」

実際、そうなんだろうな。

「ありとあらゆるところに圧力をかけたアウグスト……そんなことをすれば自分の評判も下げるのは目に見えているのにそれをした。それほどまでに俺が憎かったのだろう。今ならわかる」

「ジーク様……」

「そして、結論が出た。俺はしゃべらない方が良いと思う」

そしたら誰も傷付かない。寡黙にただひたすら仕事をしていこう。

「ジーク様、間違っております……それは無視と言うのです。アデーレさんがジーク様を嫌った理由を思い出してください」

挨拶《あいさつ》を無視する、他人を見下す、自分を忘れた……あ、ダメだ。無視するが入っている。

「少しずつ直していこう……」

「それがよろしいかと思います。マズいと思ったら私もすぐに指摘致しますので」

「頼む」

頼りになる使い魔だなと思いながら歩いていると、シーサイドホテルという字が書かれた五階建てのホテルが見えてきた。

「なんか高そうじゃないか？」

どう見ても普通のホテルじゃない。高級ホテルだ。

「よく考えたらアデーレさんって貴族でしたよね？」

確かに。友人を訪ねるために泊まったと言っていたが、貴族が安ホテルに泊まるわけがない。

「どうします？」

高そうだなー……。

「せっかくアデーレが優待券をくれたんだから行くしかないだろ。多少高くても一泊だし、俺だって高給取りだったから金はある。新天地の初日は贅沢《ぜいたく》しようではないか」

「良いと思います。行きましょう」

「よし！」

気合を入れると、ホテルに近づいていく。すると、ホテルの入口の前にいる燕尾服《えんびふく》を着た老紳士が俺に気付き、頭を下げた。

「ジークヴァルト・アレクサンダー様でしょうか？」

え？　なんで名前を知っているんだ？

「あ、はい」

「失礼ですが、優待券をお持ちでは？」

「これですかね？」

アデーレにもらった優待券を渡すと、老紳士がそれをじーっと見る。

「確かに……ようこそいらっしゃいました。ヨードル家のアデーレ様から『友人がそちらに行くのでよろしく』というお電話を頂いております」

アデーレ……優待券どころか連絡までしてるし。

「そうか……多分、俺で合ってる」

「ようこそいらっしゃいました。どうぞ、こちらへ」

老紳士がホテルの中に案内してくれる。ホテルのエントランスはガラスが多く、日の光がいっぱい入ってきて気持ちいい。それでいて内装も綺麗だし、絶対に高い。俺達はそのまま受付まで案内される。

「こちらはアデーレ様のご紹介のお客様です」

老紳士が受付にいる女に声をかけ、優待券を渡した。

「かしこまりました……アレクサンダー様、ようこそいらっしゃいました。お部屋を案内させていただきます」

女がそう言ってビジネススマイルを浮かべながら立ち上がる。

「え？　料金は？」

支払いが先だろう。

「いえ、料金は結構です」

優待券じゃなくて、タダ券？　もしくは、アデーレの力か……。

「そうか。では、頼む」

「はい。どうぞこちらへ」

俺達は受付の女に案内され、階段を上っていく。そして、最上階となる五階までやってくると、一番奥にある部屋に案内された。

「わぁ！　すごいです！」

ヘレンが感嘆の声をもらす。それもそのはずであり、部屋は広く、豪華だ。リビングの隣には寝室があり、ベッドもキングサイズ。憧れのスイートルームである。さらには窓からは町や海が見え、眺めも最高であった。

「この辺りは観光地だったりするのか？」

案内してくれた受付の女に聞いてみる。

「はい。海や森もありますし、自然豊かですからね。よくご利用いただいております」

貴族がバカンスするための部屋だな……。

「そうか……」

「ご夕食はどうされますか？　当ホテルは一階にレストランがありますし、屋上でも食べることができます」

「ここでは食べられんのか？」

「いえ、もちろん、お持ち致します」

じゃあ、ここでいいな。屋上の眺めも良いだろうが、ここでも十分だ。

「頼む」

「かしこまりました。では、ごゆっくり……」

受付の女は微笑むと、一礼し、退室していった。

「にゃー！」

俺とヘレンだけになると、ヘレンがベッドにジャンプし、ゴロゴロと転がる。めちゃくちゃ可愛い。

「こういうところで女と過ごすのが男の夢かもしれんが、俺にはお前がいるから十分だな」

そう言って、ベッドに腰を下ろすと、ヘレンを撫《な》でた。

「あれ？　私が邪魔になってる？　エリートで高給取りだったジーク様に彼女がいない最大の原因は私？」

「そんなことないぞ。ただお前が可愛いんだ」

出世を絶たれた俺に残された道は、この子と一緒に過ごすことだ。

「めちゃくちゃ私が原因だ……あ、ジーク様、アデーレさんに手紙を書きましょうよ」

「そうだな。ここまでしてくれたんだから、早めに謝罪と礼の手紙を書きたい」

立ち上がると、備えつけのテーブルに行き、紙とペンを取り出す。

「まずは謝罪だな」

「言い訳をせずにちゃんと誠心誠意、謝るんですよ」

「わかってるよ。相手は貴族だし」

さらに嫌われたら後が怖いわ。

「そういう打算もなしです。一学友に対し、ちゃんと謝るんです」

「わかった」

ヘレンの指示通りに謝罪文を書いていく。ただ、謝罪文なんて書いたことがないから手間取ってしまった。

「次はお礼ですね。まあ、これは大丈夫ですよね？」

「まあな」

ホテルの素晴らしさなんかを書いていき、転勤してきた初日に贅沢ができて良かったと続けた。

「次は今後のことを書きましょう」

「今後って？」

「王都に寄ることがあったら食事でもしよう、とか」

なんで？

「詫《わ》びか？」

「いや、ご友人なんでしょう？」

あー……。

「なるほど。社交辞令か」

実際は行かないけど、そういう誘いな。人間関係を良好にする社会人のスキルだ。

「悲しきモンスター……」

「いや、実際、王都に戻れることなんてないだろ」

残念ながら。

「まあ、いいですけどね。とにかく、書きましょう」

ヘレンに言われるがまま社交辞令を書いていく。

「こんなもんだな。ホテルの受付に渡して出してもらうわ」

「それがいいでしょう」

部屋を出ると、階段を下り、受付に向かった。そして、手紙を託し、部屋に戻ると、ヘレンとゆっくり過ごす。夕食も豪華だったし、眺めを楽しみながら興奮するヘレンと一緒に食べるとより美味しく感じた。

うん、やっぱりヘレンがいれば満足だわ。

錬金術師協会の最大派閥

ツェッテル一門紹介

「あのバカ、あちこちにケンカを売りすぎだ」

クラウディア・ツェッテル

錬金術師協会本部長かつ、ジークの師匠。この国に3人しかいない1級錬金術師で、魔女と呼ばれている。錬金術も魔術も政治もできるが、人の心はあんまりない。

「あいつが変わりますかね？多分、本当に自分以外は無能だと思っていますよ」

クリストフ・フォン・プレヒト

ジークの兄弟子。王都の有力貴族の末っ子だが、意外と気さくな性格。3級錬金術師で、本部長の座を狙っている。

第二章　リートでの生活

「ジーク様、起きてくださいよー。朝ですよー」

目を開けると、掛け布団を猫パンチするヘレンがいた。

「ほら、おいで」

掛け布団を上げて誘う。

「にゃー！　ぬくぬくですぅ……って違います！　初出勤ですよ！」

嬉《うれ》しそうに布団の中に入ってきたヘレンがノリツッコミしてきた。

「わかってるよ。起きるわ」

掛け布団をどかし、上半身を起こす。すると、ヘレンが器用にカーテンを開けてくれたので、朝日が部屋に飛び込んできた。

「清々しい朝です。ジーク様の新たなる人生の幕開けに相応しいですね」

「そうだな。大変そうだけど、まずは自分ができることをしよう」

そう言って起きると、軽くシャワーを浴び、朝食を食べた。そして、準備を終えると、チェックアウトし、支部を目指して歩いていく。数十分かけ、支部の玄関の前にやってくると、建物を見上げた。

「昨日の話を聞くと、余計にさびれて見えるな」

そこまでぼろいわけではないんだが、なんかそう見える。

「ジーク様を入れても四人ですもんね」

「なー」

玄関を開け、中に入る。もちろん、そこには誰もおらず、受付も空だ。

「まず、あそこに誰もいないってのがありえんわな」

顔とも言えるのが受付だ。このままだと本当に運営しているのかと疑ってしまう。

「一応、呼び鈴はあるみたいですけどね」

あるねー……。むしろ、それがより寂しく感じられる。

「まあいい。アトリエに行こう」

「まずは挨拶ですよ」

「わかった」

頷《うなず》くと、階段を上がり、アトリエにやってくる。そして、すでに出勤しているエーリカのもとに向かった。

「おはよう」

席につきながら、隣に座っているエーリカに挨拶をする。

「おはようございます！　今日はいい天気ですね！」

エーリカは満面の笑みだ。それほどまでに誰かがいるのが嬉しいのだろう。

「そうだな。初出勤日和だわ。今日からよろしくな」

「はい。こちらこそよろしくお願いします」

エーリカが頭を下げた。

「エーリカ、早速だが、今後のことを考えよう」

「はい。まずですが、今の仕事を説明させてください」

「頼む」

「現在、依頼が三件です」

三件……ひっで。少なすぎだろ。

「内容は？」

「軍からポーション三十個の納品、役所から方眼紙百枚、レンガ五十個の納品です」

しょうもねー。民間の錬金術師に頼めよ……あ、いや、違う。これはむしろウチのために作ってくれた依頼だ。

「民間からの依頼は？」

「ゼロです。ここ数ヶ月は一件もありません」

確定……錬金術師協会の仕事は八割が公的機関からの依頼だが、民間からだって少なからずある。それがゼロってことはこの支部がまったく期待されてないし、信頼もないということだろう。

「わかった。その依頼の期限と進捗《しんちょく》度は？」

「全部、今月中ですのであと十日です。レンガはほぼできていて、現在、ポーションの作成中になります。方眼紙は……やったことがなくて」

まだ入って一年やそこらだもんな。それに……。

フロアに置いてある機材を見渡してみる。

「随分と古い機械しかないな。今時、方眼紙なんてスイッチ一つだぞ」

材料を入れたらスイッチ一つでものの数分でできるだろう。

「そういう機械があるのは知っていますが、ウチにはありません。というか、そういう最新鋭の機械は王都なんかの大都市にしかないですよ」

そんなもんか。ということは昔ながらの方法でやるわけね。そんなもん、学校の実習以来だわ。

「わかった。方眼紙の方は俺が何とかしよう。エーリカは残りのポーションを頼む」

「わかりました！」

とりあえず、今の依頼はなんとかなりそうだな。

「じゃあ、次にだが、支部をどうしていくかを決めよう。エーリカ、この依頼が町長のお情けというか、救済であることは理解しているか？」

「え？　そうなんですか？」

気付いてなかったか……いや、エーリカは一人で依頼をこなすだけでいっぱいいっぱいなんだろうな。

「そうだ。依頼がなければ支部が潰《つぶ》れる。それは町長としても協会としてもマズいわけだ。だから適当な依頼をこちらに分配し、とりあえずの体裁を整えてくれているんだろう」

普通は錬金術師が二人だけになった時点でおしまいだ。ましてや、二人共、10級。支部としてはとてもではないが、維持できない。だが、それは引き抜きがあったからであり、一時的なものと考えているのだろう。

「そ、そうなんですか……なんでです？」

「公的機関である支部を潰すわけにはいかないんだ。もし、支部が潰れたらこの町は民間の商業組合が牛耳ることになり、そうなったら価格が急上昇する可能性もある。俺達は金儲《かねもう》けを二の次と考えるが、民間は違う。あいつらは商人なんだよ。町のことより利益を優先する」

当然だな。

「な、なるほどー……」

あんまりわかってないな。俺の説明が悪かったかな？　説明とかは得意じゃないんだよなー。

「まあ、この辺は俺達が考えることじゃない。支部長……はダメか。町長とか本部だな。俺達はこの支部を立て直すことに集中しよう」

当面の目標はそれだな。左遷とはいえ、そのために俺がここに派遣されたのだろう。

「はい！　具体的にどうしましょう？」

「まあ、わかりきっていることだが、人材不足だな」

それが最大のヤバいところ。

「ですよね……レオノーラさんが戻っても三人ですもん」

「支部長は自由にスカウトしていいと言ってくれた。知り合いに錬金術師はいないか？」

「魔法学校の同級生はいますが、ほぼ町を出て、都会の方に就職しましたね。残っている人達も昨日、支部長が言っていたような家業がある人達です。とてもではないですが、スカウトはできません。むしろ、ジークさんはどうですか？　王都にいたんですよね？」

うん……。

「スカウトは厳しそうだな……」

「あれ？」

「追々考えよう。まずは目の前の依頼だ。方眼紙を作りたいんだが、木材はあるか？」

「あ、はい。上にあります」

三階が倉庫だったな。

「ちょっと取ってくるわ」

そう言って立ち上がり、階段に向かう。

「い、いってらっしゃい……怒らせちゃった？」

「いえ、実は……」

内緒話をするエーリカとヘレンを尻目《しりめ》に材料を取りに行くことにし、階段を上がる。三階の倉庫は二階のフロアと同じ作りになっており、広さも同じだ。とはいえ、手前に三つの木箱に入ったポーションとレンガ、それに木の枝があるくらいで他には何もない。まあ、人もいないんだから倉庫も空なのは理解できるが、やはり寂しすぎる。一人を得意とする俺ですらこう思うのだから、エーリカは大変だったんだろう。

俺はたくさんの枝が入った木箱を空間魔法に収納すると、二階に下りていく。そして、自分のデスクに戻ると、コーヒーが置いてあった。

「エーリカが淹れてくれたのか？」

「はい。どうぞ」

「ありがとう」

「いえいえ！」

気遣いもできるのか……。

「美味いな……」

正直、味のわからない男の俺はいつものコーヒーとの差がわからなかった。だが、エーリカがニコニコしながら見ているので、感想を言わないといけないと思ったのだ。

「良かったです！　コーヒーを淹れるのは得意なんですよ！」

あっぷねー……でも、この子は良いな。求めている答えがわかりやすいし、俺みたいな対人関係初心者には難易度が低くて助かる。

「なあ、エーリカ、別に敬語じゃなくてもいいぞ。俺達は同僚だろう。というか、ここではお前の方が先輩だ」

俺は上下関係にはうるさくないので気にしない。それにこの世界は意外とそういうのが緩く、俺も同級生や同僚には貴族相手でもタメ口をきいたりしていた。

「いえ、ジークさんの方が先輩ですし、３級じゃないですか。それに私はこういう人間なんです」

まあ、本人がそれでいいならいいか。

「わかった。よし、方眼紙を作ってしまうか」

「あのー、見ててもいいですか？　私、やったことないので参考にしたいんです」

向上心もある……この子は伸びそうだな。

「いいぞ」

「ありがとうございます！」

空間魔法から枝の入った木箱を取り出し、足元に置く。そして、一本の枝を取ると、デスクに置いた。

「えーっと、紙を作る機材はないんだよな？」

「専門の業者さんのところにしかないと思います」

だったらその専門の業者に頼めよってものすごく言いたい依頼だ。でも、これはそういうことじゃない。あくまでも俺達のため。

「紙を作るのはそう難しいことじゃない。こうやるんだ」

木の枝に触れ、魔力を込める。すると、木の枝が光り出し、あっという間に数枚の方眼紙に変化した。

「え？　終わり？」

「そうだな」

「早くないですか？　しかも、目盛りまである……」

「方眼紙なんだから目盛りがあるのは当たり前だろう」

何を言ってるんだ？

「私、授業では錬金術で紙を作ってから、そこからさらに錬金術で目盛りなんかを描くって習ったんですけど……」

俺もそう習ったな。非効率だなと思いながら先生の話を聞いていた。とはいえ、いきなり応用を教えるのはさすがにないことはわかっている。

「最初はそれでいい。でも、慣れてくると一気にできるようになるんだよ」

俺は最初からできたけどな。

「す、すごいですね……さすがは3級です」

階級なんて関係ない。できる奴は最初からできるし、できない奴はできない。

「三年もやってるからな。エーリカもそのうちできるようになる。でも、今は一つのことを丁寧にやって、少しずつ慣れていくのがいいぞ」

「わかりました！　頑張ります！」

「うんうん」

頷くとすぐにヘレンを見る。

「お見事です。気遣いができるその会話が大事なのです」

やはりこれが正解か。思ったことを言わなくて良かった。

「本部のプライドだけが高い奴らと比べて、エーリカは素直だし、ライバルにならなさすぎて良いな」

10級だし。

「そういうことは言ってはいけません。事実を言いすぎて失敗したんですよ」

なんかマズいことを言ったか？

「エーリカ、すまんな」

「え？　何がですか？」

エーリカが笑顔のまま首を傾げる。

「知らん」

悪いことを言ったらしいから謝ったが、よくわかっていない。

「良い人で良かったですね……」

それは俺もそう思う。

「そんなことより、もう一回見せてくださいよ〜」

エーリカが俺の腕を触る。

「そうだな。今度は順番に見せてやろう」

もう一本の枝を取ると、すぐに紙に変える。そして、作った紙をさらに目盛りがついた方眼紙に変えた。

「すごいですねー。本当に一瞬です」

あ、一瞬だとわからんか。

「すまん。もうちょっとゆっくりやる。こうだ」

今度はゆっくりと方眼紙を作っていく。

「おー……わかりやすいです」

わかりやすい、か……そういえば、子供の頃に本部長に錬成を見せてもらったことがある。あの時はあまりにも錬成が遅かったので鼻で笑ってしまった。今思えば、あれはこうやってわかりやすく説明するためにわざと遅く錬成していたんだな。すみません、師匠……。

「まあ、こんな感じだ。本来ならスピードが大事だが、今はそこまで依頼があるわけじゃないし、丁寧にやればいい」

「はーい。じゃあ、私もポーションを作っていきますね」

エーリカが自分の担当のポーションを作り始めたので、残りの枝を方眼紙に変えながら横目で錬成を見てみる。

遅いな……それに錬成の精度も良くない。10級だからこんなものかもしれないが、魔力的にもうちょっとできても良いと思う。支部の立て直しにはまずは人材の確保だが、今いる人間の成長も必要だな。

どうしようかなーと思いながら錬成を続けていると、昼前にはすべての枝を方眼紙に変え終え、エーリカも昼休みのチャイムが鳴るのと同時にポーションを作り終えた。

「依頼はこれで終えたな？」

「そうですね。昼からチェックして、明日に納品しようかと思います」

次の仕事もくれるよね？　やることないんだが……。

「そうか……まあ、飯にしよう」

「そうしましょう」

エーリカが頷《うなず》いて、カバンからランチボックスを取り出しデスクに置いたので、俺も空間魔法から朝飯でおかわりしたパンと水、それとサプリメントを取り出した。そして、サプリメントを水で流し込むと、パンを食べる。

「あ、あの……食事は？」

ランチボックスから取り出したサンドイッチを手に持つエーリカがおずおずと聞いてきた。

「あー、そうか……ほらー、ヘレン」

空間魔法からヘレンの食事を取り出すと、デスクに置いた。

「わぁ……！　ありがとうございます！」

ヘレンはデスクに飛び乗ると、がつがつと食べ出す。

「美味いかー？」

「はい。すごく美味しいです」

うんうん。ヘレンの食事は俺が作った特製のキャットフードだからな。栄養バランスも抜群で味も良い。実際、俺が食べても美味かった。

「あ、いや、ジークさんの食事です。パンだけですか？」

「サプリメントを飲んだだろ」

「サ、サプリメントって何ですか？」

あ、そうだった。この世界にはまだそういう概念がないんだった。

「人間は色んな食物から栄養素を得るんだ。詳しくはどうせわからんだろうから省くが、親とかに色んなものを食べなさいって言われただろ？」

「確かに言われましたね。私は子供の頃、お魚がダメだったんです」

魚を食べないのはいかんな。まあ、子供の頃の話か。

「何故、それを言うのかと言うと、偏食は身体を壊すということを経験的に知っているからだ。俺はその研究をし、人間の活動に必要な栄養素を調べたんだよ」

これは嘘。前世の知識である。俺は前世からカップラーメンやおにぎりとサプリメントしか食べていなかったから詳しいのだ。

「へー……すごいですね。でも、パンだけは寂しくないですか？　私のサンドイッチ要ります？」

エーリカがランチボックスを差し出してくる。

「いや、それはエーリカのだろう。それに俺はこのパンで十分だ」

うん、美味い。

「ジーク様はもう少し、食事に興味を持たれると良いと思うんですけどね」

ほっとけ。

「ジークさんはお食事が嫌いなんですか？」

「いや、そんなことないぞ。ただ、俺は何を食べても美味いという感想しか出ないから、何でもいいんだ」

これは前世からである。好き嫌いがなく、何でも美味しく食べることができた。ただ、上司や取引先と高級な料理屋に行くことはあったが、どれも同じ感想しか出てこないからバカらしくなったのだ。だって、寿司もコンビニのおにぎりも一緒なんだもん。

「そうなんですか？　う〜ん、でも、色んなものを食べた方が生活も豊かになると思いますよ」

「私もそう思います」

ヘレンがしみじみと頷くが、俺はそう思わない。はい、以上……いや、もしかしたらこれもダメなのかもしれない。今の俺には目標もやりたいこともない。まだ人生は長いし、色んなことを経験して目標を得た方が良いかもしれない。

「じゃあ、一つもらえるか？」

「どうぞ。私が作ったんですよ！」

そりゃそうでしょうよ。

そう思いつつ、口には出さずにサンドイッチを一つ取り、食べてみる。

「うん、美味いな……うん、美味い」

感想が出てこねー。すまん。食レポは無理なんだ。

「良かったです！」

「ありがとうな。代わりにサプリメントをやろうか？」

ビタミンはお肌に良いんだぞ。

「あ、なんか怖いので大丈夫です」

皆、そう言うんだよな……師である本部長ですら『毒だろ？　お前、私を殺す気だろ？』って言ってたし。


昼食を食べ終え、午後からの仕事となった。エーリカは三階に行き、納品する物の確認に行ってしまったので、俺はヘレンと一緒に広いフロアをぼーっと見渡している。

「暇な職場だな」

「ゆっくりできて良いんじゃないですか？　ジーク様は働きすぎでしたから」

ゆっくりしすぎるんだよなー……これが左遷か……。

「このまま老いて死んでいくのかね？」

「まだ二十代前半で何を言っているんですか。確かに給料は落ちましたし、出世も難しいかもしれませんが、激務ではないですし、プライベートを大事にできますよ。考え方次第です」

そのプライベートが充実していないんだが？　何やるんだよ。

「やり甲斐がねーなー……」

「ハァ……だったらエーリカさんを指導でもしたらどうですか？」

指導か……エーリカはやる気も才能もあるだろうから、指導したら伸びるだろうな。今日見た感じ、魔力は微妙だが、器用で集中力もあるし、基礎となる知識や技能も十分にあると思う。さすがは二十歳という若さで10級に受かっただけはある。

「俺に指導ができるか？　同僚にも受付にも嫌われた男だぞ」

「変わりましょう。それにエーリカさんはおおらかで優しい方なので、多少の暴言もスルーしてくれます」

確かにエーリカは終始、笑顔だし、俺が何かひどいことを言ってもスルーだ。

「あいつは光の者なんだろう」

「奥さんにどうです？」

「それはあいつが可哀想だろ」

自分で言うのもなんだが、こんな旦那《だんな》は絶対に嫌だ。

「そういうのは相性ですよ……おや、エーリカさんが戻ってきましたよ」

ヘレンが言うようにエーリカが階段から下り、こちらに向かってきていた。

「どうだ？」

エーリカが隣に座ったので聞いてみる。

「はい。ちゃんと指定の数が揃《そろ》っていますし、品質も大丈夫そうです。明日の午前中に納品してきます」

「俺も行こう。案内してくれ」

どうせここにいてもやることないし。

「わかりました。お願いします」

「ああ……で？　今日のこの後は？」

「やることないですね……」

だよな？

「本でも読むかな……」

「あ、私は勉強します」

エーリカはそう言うと、カバンから本やノートを取り出した。

「勉強？　錬金術のか？」

「はい。来月に９級を受けようと思っているんです」

国家錬金術師の資格試験は年に四回開かれる。試験内容は筆記と実技だ。

「受かりそうか？」

「筆記、実技共にギリギリのラインかと……」

ふーん……ここはめちゃくちゃ言葉を選ばないといけないところだ。なお、今までの俺なら『あんなもん、勉強しなくても受かるだろ』だ。絶対にダメなのは今の俺ならわかる。

「ま、まあ、落ちてもまたチャンスはある。気楽にやれよ」

そう励ますとチラッとヘレンを見る。

「大丈夫です。というか、勉強を見てあげたらどうですか？」

「俺が？　無理じゃないか？」

「……変わるチャンスですよー」

チャンスねー……でも、俺は世界で一番教師に向いてなくないか？　自分で言うのもなんだが、モチベーションを下げることしか言わんぞ。昔、姉弟子に試験勉強を見てあげるって言われたけど、すぐにへこましたこともあるし。

「優しく、そして、子供に教えるつもりでやってください」

「その言い方はエーリカに失礼では？」

二十歳の大人を捕まえて子供って……。

「それくらいの気持ちでちょうどいいと思いますよ。ジーク様、『なんでこんなもんもわからないんだ？』って言いそうですもん」

すでに同じようなことを思っているね……。

「エ、エーリカ、勉強を見てやろうか？」

断れー、断れー。たった一人の同僚に嫌われたくないし、対人初心者キャラのエーリカに嫌われたら多分、俺の心は折れる。

「え？　いいんですかぁ？」

エーリカが満面の笑みになった。どうやら俺の祈りは通じなかったようだ。

「ああ……」

「ありがとうございます！」

仕方がない……やるか。

「えーっと、どこか苦手なところはあるか？」

「この錬金反応のところと触媒のところが……」

エーリカが本を開いて見せてきたので昔、授業で先生から聞いた時のことや師匠に習った時を思い出しながら教えていく。なるべく言葉を選び、エーリカは小学生なんだという気持ちで丁寧かつ、慎重に説明していった。

そうこうしていると、時刻は五時を回り出した。その間、実に五十五回ほど『なんでこんなもんもわからないんだ?』と思ったが、けっして口に出さなかった。

「――おーい……って何してんだ?」

声が聞こえたので顔を上げると、支部長が二階に上がってきていた。

「あ、支部長。ジークさんが勉強を見てくださっているんです」

エーリカが答える。

「ふーん……それは良いことだな。でも、その辺にしとけ。歓迎会に行くぞ」

ん?

「歓迎会って?」

こちらにやってきた支部長に聞く。

「いや、お前がここに赴任して初日だし、お前の歓迎会だよ」

あー……人生で一度も出たことがないやつだ。

「それ、出ないといけないんですか?」

「は?　お前は何を言っているんだ?」

出たくねー。

「ジーク様、歓迎会を断るのはダメです。絶対に出席です」

ヘレンが諌めてくる。

「なんで？」

「悲しきモンスター……これから一緒に働くための親睦《しんぼく》会ですよ？　出ない人の方が少ないです」

それはわかっているが……。

「俺、一発芸はできんぞ？」

俺が歓迎会に出ないのは前世の会社であった慣習のせいだ。新入社員は出し物をしないといけないという意味不明なことを言われたから丁重に断ったのだ。それ以来、まったく出ていないし、今世でも本部の歓迎会に出ていない。

「一発芸はしなくてもいいですよ。ジーク様の一発芸なんて絶対に面白くないじゃないですか」

「それでも強要してくるのが上司だ。俺がスベッているのを笑うんだよ。特に支部長を見ろ。軍人だぞ。軍人っていうのはパワハラ、セクハラ上等なんだ」

体育会系みたいなもんだろ。

「こいつとこの猫との会話は何だ？　すごい誹謗《ひぼう》中傷なんだが……」

「しっ、会議中らしいです。ジークさんの人間力を上げる訓練中らしいんですよ」

「そうか……悲しい奴だな」

また悲しいって言われた……。

「ジーク様、行きましょう。軍人とはいえ、支部長さんは貴族ですよ」

「まあ……」

「適当に一次会で帰ればいいんです。幸い、エーリカさんがいますし、送っていくってことで二次会を拒否すればいいんですよ」

なるほど。

「いや、二次会なんてないぞ。そもそも俺は酒を飲まんし」

「私も飲みませんね」

エーリカはともかく、支部長は意外にも下戸らしい。

「ほら、こう言ってますし」

「そうか……じゃあ、行くか」

しゃーない。

「会議が終わったようです」

「そのようだな。毎回、これか？」

「そんな感じですね」

「エーリカ、温かい目で見守ってやれ」

支部長が可哀想な人を見る目で俺を見てくる。ちょっと不満に思いながら支部を後にすると、近くの酒場に向かった。酒場の前に来て、建物を見上げてみるが、安そうな普通の店だ。

「ここですか？」

「ここは飯が美味いんだよ。今日は俺のおごりだから、好きなもんを頼んでいいぞ」

支部長がそう言って酒場に入ったので俺達も続く。酒場の中はそこそこ賑《にぎ》わっており、皆、楽しそうに食べたり、飲んだりしていた。俺達はそんな他の客を尻目《しりめ》に端の方の空いている丸テーブルにつく。

「ふーん……」

酒場ってこんな感じか。

「なあ、まさかと思うが、酒場に来たことがないとか言わないよな？」

支部長が聞いてくる。

「ないですね。外食もしませんし、酒は家でヘレンと飲みます」

「マジか――……じゃあ、こっちで適当に頼むぞ」

「お願いします。あ、ウィスキーをロックで」

「はいはい……」

支部長は店員の女を呼ぶと、エーリカと共に料理や飲み物の注文をした。すると、飲み物と摘まめるものがすぐに来た。

「挨拶《あいさつ》とかするか？」

支部長が聞いてくる。

「昨日、しませんでしたか……いや、ちょっと待ってください。ヘレン、いるのか？」

確認、確認。

「皆さんにご迷惑をかけるかもしれませんが、これからよろしくお願いしますって言えばいいんじゃないですかね？」

うん、お前が言ったな。

「そういうわけです。よろしくお願いします」

軽く頭を下げながら言う。

「こちらこそよろしくお願いします」

「ああ……猫がお前の本体か？」

エーリカが丁寧に頭を下げ返し、支部長が呆《あき》れた。

「ちょっと人の心を勉強中なんですよ」

「そうか……それはとても良いことだと思うぞ。乾杯」

支部長がグラスを掲げる。

「乾杯」

「かんぱーい」

俺達は乾杯をすると、それぞれの飲み物を飲み、食事を始めた。

「ジーク、転勤して初日だが、どうだ？」

支部長が聞いてくる。

「仕事が少ないですね。おかげで午後は教師でしたよ」

「ジークさんって教え方が上手なんですよ。すごくわかりやすかったです」

ほっ……ちょっと安心。

「そうか……まあ、徐々に仕事も増えていくと思うが、頼むぞ。お前がリーダーだ」

リーダーはあんただろ。まあ、天下りの素人に口出されるよりかはいいけど。

「支部長、やはり人材の確保が急務です。本部にかけあってもらえますか？」

「わかった。引き続き、申請は出す。だが、こればっかりは本人の希望もあるし、わざわざ南部に来たがる錬金術師は少ないから難しいぞ。お前が特殊なんだ」

俺は希望したわけじゃないからな。でも、師である本部長には逆らえない。

「他に良い方法ってないんですかね？」

エーリカが支部長に聞く。

「さあな。軍だったら徴兵があるんだが……ジーク、この中でこの業界に一番詳しいのはお前だ。なんかないか？」

知るわけないだろ……あ、いや、待て……徴兵か。

「囲い込みって言うのがありますね」

「何だそれ？」

「私も聞いたことないです」

エーリカもないのか……。

「錬金術師協会は国家錬金術師の資格を持っている者しか入れません。ですが、実際は資格を持っていない者も非正規で存在します。これが囲い込みですね。要は素質はあるが、まだ無資格の者を早々に確保することです。これは元々、師弟関係の場合によくやります」

俺も師匠である本部長に囲われた。在学中に資格を取ったから何の意味もなかったがな。

「他所に取られる前に確保するから囲い込みか……」

「いいんですか、それ？」

エーリカが聞いてくる。

「正規の職員じゃなくて研修のバイト扱いだからな。囲い込まれた方も勉強になるし、win-winなんだ。もっとも、それをされすぎると偏りと派閥ができるんだけどな」

これが王都などの都会に有能な錬金術師が集まっている原因の一つのような気がする。おかげでリート支部には錬金術師が十人しかいなかったし、今や三人だ。

「なるほどな。今のうちに無資格の者をバイトで雇うわけか」

「はい。人手不足ですし、こちらも選り好みできません。学徒動員です」

「学徒動員……軍では悪手中の悪手だが、悪くないな。エーリカ、何か良い感じのはいるか？」

「うーん……魔法学校の後輩の子を訪ねてみようかなー？　資格を持っていない子の方が多いでしょうし」

俺はそう感じたことはないが、一般的には難しい試験だからな。

「女か？」

「はい。女子が多いですね」

「ふーん、女ばっかりだな。去年辞めた八人も六人が女だったし」

ん？　知らないのかな？

「支部長、錬金術師は八割が女性ですよ」

「そうなのか？」

マジで知らないっぽいな。まあ、軍にいた人だし、仕方ないか。

「ええ。あまり大っぴらには言えませんが、錬金術師は女がなるものって言われていますね」

俺は男だけどな。

「なんでだ？」

「錬金術師っていうのは広義では魔法使いです。つまり魔力を持つ者しかなれません。でも、魔力を持つ男はほぼ魔術師の道に進むんですよ。そっちの方が儲《もう》かりますし、かっこいいですからね。でも、その一方で軍に配属されることもあるので危険が伴います。だから女性は錬金術師の道に進むんですよ」

国の北側では隣国との小競り合いが頻繁に起きているし、そちらに配属されることも十分にある。そうなれば、特に親が魔術師になることを反対する。

「あー……そういうことか。確かにそうなるわな。それで女ばっかりか……お前は？」

「同じ理由ですよ。どちらでも出世できますが、くだらない一本の矢で死ぬのはごめんです」

前世は包丁で刺されて死んでいるからな。あんなのはもうごめんだ。

「ふむ……元軍人としては情けない男だなと考える。だが、その反面、それは正解だ。お前は多分、上官や貴族に嫌われて最前線に送られるだろうからな」

アウグストが脳裏に浮かんだ。

「……エーリカ、後輩を誘えるか？」

嫌な想像をしてしまったので話を元に戻す。

「うーん……勉強を見てもらえますか？」

ん？

「エーリカの？」

「いえ、誘ってみる子のです。3級のジークさんが見てくれるって言うなら誘いやすいんですよ。当然、10級に受かることを目指しているわけですから」

確かに3級が教えてくれるっていうのは大きなメリットになるな。問題はそれが俺なことだけど。

「ヘレン、大丈夫かな？」

「エーリカさんに教えていたように丁寧、かつ相手を傷付けないようにすれば大丈夫でしょう」

その自信がないんだよなー。

「まあ、ダメで元々か……失敗して向こうの心が折れてもこちらに損はないしな」

他を当たればいいだけだ。

「ジーク様、その考えはダメです」

「私の後輩ですよ～」

「本当に人の心を勉強中なんだな、お前……」

間違えたようだ。ごめんなさい。

その後も飲み食いをしていたが、いい時間となったのでお開きということになり、店を出た。

「ジーク、俺はこっちだからエーリカを送ってやれ。あと、これがお前の部屋の鍵《かぎ》な」

支部長が鍵を渡してくれる。

「わかりました」

「じゃあな」

支部長と別れると、帰る方向が同じエーリカと共に暗くなった町中を歩いていく。

「本当に酒を飲んだのは俺だけだったな」

「私はお酒に弱いですし、支部長は昔、お酒で失敗したことがあるそうですよ」

へー。失敗を反省できるなんてすごいな。

「エーリカ、変なことを聞くようだが、今日の俺はどうだった？　変じゃなかったか？　こいつとは働けないとか思わなかったか？」

ヘレンの助けがあったとはいえ、人はいきなり変わることができないこともわかっているから心配だ。

「うーん……ジークさんがその辺りをものすごく気にされているんだなっていうのはわかりましたね。でも、別にそこまで気にすることはないと思いますよ」

そうか？

「正直に言うが、俺はお前の勉強を見てて、『なんでこんなもんもわからないんだろう？』って思ってたぞ」

「ジークさんと私は二歳しか違いませんが、階級は私が10級でジークさんが3級ですし、才能や能力の差は明らかです。だからそう思うのは仕方がないことでしょうし、実際にそうなんでしょう。でも、ジークさんはわかりやすく教えてくださいましたし、何よりも心強いです。私とレオノーラさんの二人だけはやはり不安でしたから」

10級が二人ではなー……。

「レオノーラは若いのか？」

「ジークさんと同い年ですね」

二十二歳か……やはり若いな。しかし、そうなるとこの一年、ほぼ新米の二人だけで回していたのか。

「それはきついな。俺じゃなきゃ無理だ」

「きつかったですねー。教えてくれる人もいませんでしたし、何度も失敗しました」

想像以上にひどいことになっている支部なんだな。

俺達は話をしながらすっかり暗くなった道を歩き、アパートの前までやってきた。

「エーリカ、俺はあまり対人関係が得意ではないが、この支部を立て直すために努力しよう。これからよろしくな」

さすがにもう失敗できない。この支部の状況は前途多難と言えなくもないが、ヘレンに助けてもらいながら頑張ろうじゃないか。

「はい。よろしくお願いします」

「じゃあ、また明日」

「はい。おやすみなさい」

エーリカが丁寧に頭を下げ、自分の部屋に入ったので、キーホルダーに書かれている部屋番号を見る。

「俺の部屋はこっちか」

キーホルダーには【Ａ１０２】と書かれており、エーリカやレオノーラと同じ棟であり、ちょうどエーリカの部屋の対面だった。

扉の前に行き、鍵を開けて中に入ると、真っ暗だったので電灯を点ける。

「当たり前ですけど、何もないですね。ちょっと寂しいです」

「昨日のエーリカの部屋を見ているからな」

同じ間取りだが、エーリカの部屋は女性の部屋らしく、明るくて可愛らしかった。

「今日は荷物を出すだけにして、早めに休みましょう」

「そうだな。荷物の整理は明日からにしよう」

俺達は空間魔法から荷物を出し、ベッドだけを設置すると、風呂《ふろ》に入る。風呂はちゃんと浴槽もあったので湯を溜《た》め、浸かることにした。なお、ヘレンもお湯を入れた桶《おけ》に浸かっている。ヘレンは猫のくせに風呂が好きなのだ。

「なんか大変そうな職場だな……」

天井をぼーっと見上げながらつぶやく。

「私は良い職場だと思いますよ。エーリカさんはもちろんですが、なんだかんだで支部長さんも良い方だったじゃないですか」

まあ、めんどくさそうな感じはないし、貴族軍人にしてはフランクな人だった。

「レオノーラとやらはどうかね？」

「そこまではわかりませんが、きっと上手くいきますよ」

そうだと良いな。

「ヘレン……歓迎会は悪くなかったぞ」

俺しか飲んでなかったけど。

「それは良かったですね。ジーク様、人は色んな方がいます。嫌な人も多いでしょうが、それと同じくらいに良い人もいるんですよ」

「そうかい……良い人でありたいな」

今までの俺は嫌な奴だったんだろう。いや、今でもそうだ。だが、やり直すためには変わらないといけないのだ。たとえ、出世の道は絶たれたとしても、俺の二度目の人生はまだ終わっていないのだから。そのためにはまず、支部の再建だな。

「明日からも頑張りましょう」

「ああ」

俺達はゆっくりと湯に浸かって風呂から上がると、段ボールだらけになっている寝室に行き、就寝した。そして翌日、ヘレンに起こしてもらった俺は準備をし、支部に向かった。エーリカが言うように通勤時間は三十秒だったので非常に楽だ。

「明日からはもう少し寝られるな」

そう言いながら支部に入ったが、当然のように誰もいない。

「いや、朝食を食べてないじゃないですか」

「昨日、パンを買い忘れたからな。まあ、あとで携帯食とサプリメントを飲むさ……あれ？　エーリカがいないいな」

二階に上がったのだが、誰もいない。ただ、電灯は点いていた。

「三階のようですね。上からエーリカさんの匂いがします」

「倉庫か……」

そのまま階段を上がり、三階に着くと、エーリカが納品するポーションを魔法のカバンに入れていた。

「あ、ジークさん、おはようございます」

俺に気付いたエーリカが挨拶《あいさつ》をしてくる。

「ああ、おはよう。納品の準備か？」

「ええ。このポーションを入れたら終わりです。朝一で役所と軍の詰所に行きましょう」

「わかった」

そのまま見ていると、エーリカが最後のポーションをカバンに入れ、立ち上がった。

「準備できました。まずはここから近い役所ですね。ジークさんもこれから一人で行くことがあるでしょうし、案内しましょう」

「頼むわ」

俺達は階段を下り、支部を出た。そして、エーリカが左の方に歩いていったのでついていく。

「ここですね」

エーリカが三階建ての建物の前で立ち止まる。支部から三百メートル程度の距離であり、本当に近いようだ。そのまま役所に入ると、そこには大勢の職員と利用者がおり、ウチの支部とは天と地の差だった。

「なんか悲しくなるな」

「言わないでくださいよ」

エーリカも同じようなことを感じているらしい。

「だな……担当の受付は？」

「あっちです」

エーリカが右端の方を指差して歩いていくのでついていった。すると、一番端の受付の四十代くらいのおじさんの前に立つ。

「ルーベルトさん」

エーリカが書き物をしている職員に声をかけた。

「んー？　あー、エーリカちゃんか。どうしたんだい？」

「方眼紙とレンガの納品です」

「え？　期日はまだ先だけど、もうできたのかい？」

「はい。昨日、赴任したジークさんがやってくれたんです」

「ジークさん？」

ルーベルトがチラッと俺を見てくる。

「はい。王都から赴任してきたんですよ。ジークさん、こちらが担当のルーベルトさんです」

エーリカが紹介してきたので一歩前に出る。

「ジークヴァルト・アレクサンダーです。よろしくお願いします」

「ルーベルトです。こちらこそよろしくお願いします。エーリカちゃん、同僚が増えて良かったね」

ルーベルトがエーリカに向かってにっこりと笑う。

「はい！」

「じゃあ、次の依頼をお願いしたいんだけど、いいかい？」

納品した日に依頼か……やっぱり役所が用意してるわ。

「何でしょう？」

「またレンガを五十個納品してほしい。それと鉄鉱石五十個渡すから、それをインゴットにしてほしいんだ。できるかい？」

「インゴット……」

　エーリカがチラッと見てくる。多分、やったことがないんだろう。

「問題ないぞ」

　インゴットなんか基礎の一つだ。何も難しいことはない。

「大丈夫です。期日は？」

「ひと月くらいだね」

「わかりました」

　エーリカが頷《うなず》く。

「じゃあ、鉄鉱石を持ってくるよ。レンガをそこに出しておいて」

　ルーベルトがそう言って奥に行くと、エーリカが木箱に入ったレンガをカウンターに置く。しばらくすると、ルーベルトが戻ってきたので鉄鉱石を受け取り、役所を出た。

「次は軍の詰所ですね。こっちです」

　エーリカがまたもや左に歩いていくのでついていく。

「一応、聞くんだが、毎回、直接納品か？」

「人がいませんしね。取りに来てもらうのも気が引けますし」

　俺なら取りに来いって言うんだがなー……いや、でも、お情けの依頼だし、エーリカが正解か。

　そのまま歩いていくと、役所より小さい二階建ての建物の前までやってきた。

「ここか？」

「ええ。ここで手続きなんかをするんですよ」

エーリカが頷いて詰所に入っていったので俺達も続く。詰所の中はそんなに広くなく、受付内に数人がいるだけで利用者はいない。まあ、軍の詰所に用がある人はそんなにいないから仕方がないだろう。でも、やっぱりウチより人員が多いのは羨《うらや》ましい。

「ルッツくーん」

エーリカが受付に行き、受付内の茶髪の男になれなれしく声をかけた。

「ん？　エーリカか」

声をかけられた男は立ち上がり、こちらにやってくる。男は背も高く、顔立ちも整っていた。もしかして、彼氏だろうか？

「おはよ～」

「ああ、おはよう。そちらは？」

ルッツとやらがチラッと俺を見ながらエーリカに聞く。

「昨日、赴任してきた同僚のジークさん」

「そうか……私はこの町の兵士をしているルッツ・リントナーです。よろしくお願いします」

ルッツがそう言って手を差し出してきたので握った。

「ジークヴァルト・アレクサンダーです……リントナー？」

エーリカもリントナーじゃなかったか？

「ああ……エーリカとは従兄妹なんですよ」

なるほど。従兄相手だったからあんなにくだけてたのか。

「ルッツ君、納品のポーションを持ってきたよ」

エーリカがカバンをカウンターに置く。

「ああ、早いな……じゃあ、確認するから出してくれ」

ルッツがそう言うと、エーリカがカバンからポーションを出していき、ルッツがそれを一個一個、確認していった。

「どれも質に問題はなさそうだし、良さそうだ。ちょっと待ってね。書類を取ってくるから」

ルッツはそう言うと、奥にある部屋に入っていく。

「良かったです……ポーションはちょっと自信がなかったんですよ」

エーリカが声を落とした。

「そうなのか？　俺も倉庫で確認していたが、何の問題もなかったぞ。もちろん、レンガもだ」

「ポーションなんかの薬作りはレオノーラさんが得意なんで、ずっとお任せしていたんですよ。私はそれこそレンガなんかのもの作りが得意です」

あー……昨日、勉強を見てやったが、確かに錬金反応とかの化学が苦手そうだったな。

「当然、全部できるのが望ましいが、仲間がいるならそういう風に仕事を分けるのは悪くないぞ」

「そうですね……その仲間が三人なのが問題なんですよね」

そうだね。マジで早急にどうにかした方が良いんだが……。

俺達が小声で話し合っていると、ルッツが部屋から出てきてこちらに歩いてくるのが見えた。しかし、ルッツの他にも髭《ひげ》を生やした偉そうな雰囲気を出す男も一緒だ。

「……貴族だな」

「……エスマルヒ少佐です」

少佐か。ちょっと偉いな。

「待たせたね、エーリカ。ここにサインをもらえるかい？」

ルッツが紙をカウンターに置いて指示をした。すると、エーリカが紙にサインをする。

「はい」

「ありがとう。それで次の依頼の話なんだが……」

ルッツがチラッと少佐を見た。

「こほん……今回の依頼はご苦労だった。質の良いポーションらしく、こちらも満足している」

少佐が後ろ腕を組んだまま偉そうに言う。

「あ、ありがとうございます」

エーリカがお偉いさんの前ということで、おずおずと頭を下げて礼を言った。

「それでだが、魔導石を百個ほど注文したい」

「魔導石ですか……期日は？」

「一週間だ」

はい？

「え？　一週間ですか？　それはちょっと……」

「難しいのかね？　緊急依頼なんだが？」

「そ、その……今は人手が足りなくて」

「なら結構。無理なら民間に頼むし、緊急依頼も受けられないようなら、今後の付き合いを考えさせてもらうことになる」

あー……これはエーリカでは無理だな。

「エーリカ、代わろう」

エーリカの肩に手を置く。

「え？　お、お願いします」

エーリカがおずおずと下がったので、代わりに前に出た。

「君は？」

「リート支部に配属になったジークヴァルト・アレクサンダーです。よろしくお願いします」

「ふむ……ようやく新人が入ったか」

新人じゃないけどな。

「ええ。それで依頼についてなんですが、いくつか確認したいことがあります。大丈夫でしょうか？」

「それはもちろんだ」

「まずは緊急依頼ということで期日が一週間と聞きました。これはさすがに緊急すぎます。そんなに急いで必要なんですか？　理由を伺いたい」

「理由は機密事項なので言えない」

まあ、そう返すわな。

「ですが、これだけはお聞きしたい。町の存続に関わることですか？　いきなり魔導石百個は戦争でも起きるのかと思ってしまいます」

魔導石というのは魔法を使うためのブースターに使われ、よく魔術師が持っている杖《つえ》なんかに利用されるのだ。

「いや、それはない。単純な演習だ。詳しくは言えないが、予定が詰まっているのだよ」

その予定をずらせばいいだけだ。やはり嫌がらせだな、これ。

「なるほど。わかりました。それと緊急依頼でしかも、一週間となると料金が跳ね上がりますが、大丈夫ですか？」

「いくらくらいかね？」

「軽く倍はしますよ？　二百万エルです」

そう答えると、少佐が眉《まゆ》をひそめた。

「高すぎんかね？」

「緊急依頼とはそういうものです。ましてや魔導石百個を一週間ですからね。高くもなります。嫌なら民間に頼んでください。さらに倍になりますけど」

倍で済めばいい。民間は足元を見るから、もっとぼったくってくるだろう。

「本当に用意できるのかね？　失敗は許されんぞ？」

失敗を望んでいるくせに。

「用意はできます。ただ、逆に魔石を用意できるんですか？」

魔導石の材料は魔石だ。

「こちらで用意せよと？」

「当たり前でしょう。ウチに魔石の在庫が百個もあるとお思いですか？　材料から用意しろというのならば、市場なんかから仕入れますから、さらに料金を請求しますよ？　もちろん、その料金は見積もりになりますし、緊急ですから割高になります」

少佐の眉間《みけん》がさらに険しくなった。

「……わかった。用意しよう」

「では、今日中に届けてください」

「今日中？　それは無理だ」

は？

「何故？　緊急依頼でしょ？　時間がないのですから人を集めてでも用意してください。それともその程度の緊急度合いですか？　ならば期日を延ばすことをお勧めします」

「……ルッツ、用意しなさい」

部下に投げたか。

「鑑定書付きで頼みますよ。こちらはそちらが用意した魔石で魔導石を作ります。それで質が悪いと言われても困ります」

後で質にいちゃもんをつけるのは、貴族の嫌がらせでよくあることなのだ。

「ルッツ、暇な奴らを使いなさい」

少佐はそう言うと、そそくさと部屋に戻っていった。

「暇な人なんていないんですけど……」

ルッツがポツリとつぶやいた。

「上司に恵まれんな。まあ、そういうことだから頼むぞ。エーリカ、戻るぞ」

「は、はい」

俺達は嫌そうな顔をしているルッツをこの場に残し、詰所を出た。

「ジークさん、一週間なんて大丈夫なんですか？」

詰所を出ると、エーリカが聞いてくる。

「百個程度なら問題ない。それよりもあの少佐はいつもあんな感じか？」

「あまり会ったことはないですが、そうですね」

嫌な方の貴族らしいわ。

「エーリカ、今回の緊急依頼は俺一人でやる」

「え？　でも……手伝いますよ？」

エーリカならそう言うだろうなー。

「いや、この依頼はちょっと特殊なんだ。エーリカはレンガとインゴットを頼みたい。インゴットはやったことないんだよな？」

「はい。もちろん、学校の実習ではやったことがあるんですけど……」

「それで十分だ。とにかく、一度、支部に戻ろう」

俺達は詰所を後にすると、支部に帰るために歩いていく。

「あ、あの、ジークさん、この緊急依頼って本当に大丈夫なんですかね？」

ん？

「大丈夫とは？」

「緊急依頼なんて初めてだったんで……しかも、魔導石の納品なんて昨年もなかったです」

魔導石という軍必需品のアイテムの納品がないっていうのは悲しいな。

「これは嫌がらせの仕事だ」

「え？　い、嫌がらせですか？　どうして？」

「理由はわからん。上からのお情け依頼指示が嫌だったのか、民間から金でももらったか……とにかく、この依頼は通常では考えられない」

俺は俺達を潰《つぶ》すために民間から金をもらったと思っている。役人なんてそんなもんだ。

「すみません……よくわからないです」

エーリカが伏し目がちになる。

「いや、こんなもんはわからなくていい。そもそも、戦争や魔物の大発生でも起きない限り、魔導石が足りないなんてことは起きるはずがないんだよ。軍にとって魔導石は必需品だから常にストックがあるはずだ。それでもこの依頼を出したのは、支部に魔導石を納品する力がないと思ったからだろう」

実際、昨年はそういう依頼がなかったわけだし。

「そ、そうなんですか……」

「まあ、支部が潤うチャンスだし、気にするな。魔導石なんてそんなに難しいものじゃない」

手作業でやるのは面倒だが、まあ、できないこともない。

俺達は話をしながら歩き、支部に戻った。そして、二階に上がり、それぞれに席につく。

「魔石が来るまで暇だし、インゴットの作り方でも教えてやろう……と言っても、魔法学校でやったことあるんだよな？」

「はい。実習でやりました」

「じゃあ、それでやってみろ」

「えーっと……」

エーリカは一つの鉄鉱石をデスクに置くと、手を掲げながら魔力を込め出した。すると、鉄鉱石がわずかに光り出す。

「なんだ……できるじゃん」

教えることがもうない。

「時間がかかっちゃうんですよ」

「皆、そんなもんだ。専用の機器でもあれば一瞬なんだが……」

ここにそんなものはない。

「いつかはそういう機器も揃えたいですね～」

いつになることやら……。

エーリカがひたすら鉄鉱石を鉄に変える作業をしているのを眺め、たまにアドバイスをしていると、昼休憩の時間になったのでパンを買いに行く。そして、買い物を終えて戻ると、支部の前に車の荷台から木箱を降ろす数人の兵士がいた。その中にはルッツもいたので近づいてみる。

「よう、魔石を持ってきたのか？」

「ん？　あー、ジークヴァルトさんか」

「ジークでいいぞ。それに敬語もいらん。同じくらいの歳だろ」

ルッツはおそらく二十代前半だろう。

「まあね。エーリカは？」

「上で昼飯だな。呼んでこようか？」

「あ、いや、いいよ。それよりも魔石を百個用意したから頼む。これが鑑定書だ」

ルッツがそう言って一枚の紙を渡してきたので読んでみる。

「Bランクが五個でCランクが二十二個。残りはDランクか……」

粗悪品ではないが、微妙だな。

「市場で慌てて集めたよ」

人を使って午前中で集めたか。

午前中だけじゃなくて、一日使ってでも質の良いものを用意しろと言いたいが、まあ、依頼主に言うことじゃない。

「触媒を使って質を上げる必要はあるか？　もちろん、割高だが……」

「いや、それは大丈夫。でも、少佐が三日以内って言い出したよ……」

バカかな？

「依頼者都合だからさらに料金が倍になるぞ？　いや、もっとだろう」

「……ここだけの話、少佐は失敗してほしいんだよ」

知ってる。

「こちらは三日でも構わんぞ。でも、請求書は覚悟しておけ。まあ、お前には関係ないか」

「私はただの使いだからね。でも、本当に大丈夫かい？　私は錬金術に詳しくないが、普通は期日を一ヶ月は見る依頼だぞ」

「緊急なんだろ？　そういうこともある。こちらとしては料金さえもらえば何でもいい」

王都の本部では緊急依頼なんてしょっちゅうだし、なんなら俺も出した。相手が渋ったら『一日は二十四時間あるんだぞ？』が決めゼリフ。うん、そりゃ嫌われるわ。

「とにかく、三日で頼むよ。悪いけどね」

「気にするな。それと一つ聞きたいんだが、あの少佐はこの町の出身か？」

「いや、北の方の貴族様らしいよ？」

左遷だな。俺と一緒。

「ふーん……そうかい。じゃあ、三日以内に納品するわ。ご苦労だった」

そう言って、兵士達が支部の前に置いた木箱を空間魔法にしまう。

「空間魔法……使えるなら最初に言ってよ。無駄に荷台から降ろしちゃったじゃないか」

「そりゃすまんな」

まったく悪いとも思わずにそう返すと、支部に入る。二階に上がると、席につき、ヘレンの昼食を用意した。そして、サプリメントを水で飲み、自分の昼食である買ったパンを食べ始める。隣のエーリカはサンドイッチを食べながら錬金術の本を読んでいた。

「勉強か？」

「はい。なんかやる気が出てきました」

それは良いことだ。

「さっき下でルッツから魔石を受け取ったわ。ついでに期日が三日になったそうだ」

「三日⁉　さすがにそれは……」

「問題ない。残業代を稼げてラッキーなくらいだ」

給料下がってるし。

「や、やっぱりお手伝いしますよ」

「大丈夫だって。エーリカ、今はお前にとって大事な時期だ。左遷貴族の嫌がらせなんかにかまける必要はない。まずはしっかりと基礎を学び、勉強しろ。お前なら9級くらいなら受かる」

せっかくやる気を出しているんだから、そっちを優先してほしいわ。

「そうですかね？」

「お前の腕を見る限り、たとえ、来月落ちても次で受かる。だが、三ヶ月も待つ必要はないだろう。9級になれば給料も上がるし、暇な今がチャンスだぞ」

「わ、わかりました！　勉強を頑張ります！」

頑張ってくれ。

「ジーク様は2級を受けないんですか？」

昼食を食べ終えたヘレンが聞いてくる。

「2級以上は実務経験がいるんだよ。2級が五年で1級が十年だ」

「あ、そういうのがあるんですね」

「くだらん足かせだな。だから3級以上は同じランクと思っていい。2級や1級の連中を何人か見たことあるが、鼻で笑うレベルだ」

もちろん、優秀な人もいるけどな。

「へー……そんな態度を取っていたから、上にも嫌われたんじゃないですかね？」

「そうかもな。事実は人を傷付けるということは十分にわかった。嘘も大事だろう」

無能を無能と言ったら怒るのは当然だ。言葉を濁さないとな。

「……え？　私が受かるのは嘘です？」

俺とヘレンの会話を聞いていたエーリカが顔を上げた。

「いや、それは本当。エーリカなら9級とは言わず、8級も十分に受かる実力はあるからさっさと9級を取って、8級を目指せ」

「わかりました！」

うんうん。やる気が出てきたようで結構だ。頑張ってくれ。

「さて、やるか」

魔石を取り出すと、デスクに置いた。

「あ、私も仕事はしないと」

エーリカも鉄鉱石を鉄に変える作業に入る。

「暇なんでおやすみしてます」

ヘレンが丸まって寝始めたので、俺とエーリカは黙々と作業を続けていく。そして、夕方になり、五時を回ると、ようやくエーリカが一つの鉄鉱石を鉄に変えた。

「一日かけて一個……」

遅いな……遅すぎるくらいだ。だが、質は良い。昨日見たポーションよりもずっと良い品質の鉄ができていた。エーリカはもの作りが得意と言うだけあって、薬品関係なんかより、こっちの方が向いてそうだ。

「安心しろ。そんなもんは慣れだ。ポーションやレンガだってそうだっただろ」

「確かにそうですね。それにしても……」

俺の後ろにある木箱には二十を超える魔導石が積まれていた。

「慣れだ、慣れ」

あと、これが3級の実力だ。

「すごいですねー……」

「まあな。でも、このペースでは間に合わんから残業だ。エーリカは先に帰っていいぞ」

「え？　でも……」

エーリカは良い子だから同僚を残して帰りにくいか……俺？　俺は気にせずに帰る。

「ヘレンがいるから寂しくないし、エーリカはエーリカのペースでやれ。空残業で稼ぎたいなら別にそれでもいいが……」

そんなことに目くじらを立てる気はない。

「い、いえ……じゃあ、お先に失礼します……あの、無理はしないでくださいね」

「はいはい。お疲れさん」

「お疲れ様です」

エーリカが頭を下げて帰っていったので、作業を続ける。

「エーリカさんに手伝ってもらわなくてもいいんですか？」

ヘレンと二人きりになると、ヘレンが起き出した。

「エーリカには任せられん。あの少佐は少しでも質を落とすと絶対にいちゃもんをつけてくる。悪いが、戦力外だ」

というか、絶対にやったことがないだろうし、エーリカを指導しながらでは間に合わない。

「言いすぎでは？」

「事実だ。でも、口には出さなかっただろう？」

「成長されたんですね」

ヘレンが感心したようにうんうんと頷《うなず》く。

「まあ、嫌われたくないからな」

「おや？　珍しい。ようやく女性に興味が出てきましたか？」

俺は思春期の中学生か。

「そういうわけじゃない。アデーレの件で思うことがあったんだよ」

「良いことです」

俺はその後もヘレンと話しながら作業を続けていく。そのままひたすら続けていると、夜の九時を回ったので一度立ち上がり、身体を伸ばした。

「まだやられますか？」

「そうだな。何があるかわからないから、進められるところまでは進めておきたい」

これ以上期限を短くすることはないと思うが、この依頼が嫌がらせである以上、さっさと進めた方が良いだろう。

「今日も部屋の片付けができそうにないですね」

それどころか今週の平日はもう無理だろう。

「今度の休みにやろう」

「そうですね」

席に戻り、作業を再開しようと思っていると、階段の方でひょこっとエーリカが顔を出した。

「お疲れ様です。まだやられるんですか？」

エーリカがこちらにやってきて聞いてくる。

「もうちょっとだけな。どうした？」

「あの、夕食は食べられましたか？」

「いや、まだだ」

今日の晩飯は携帯食だ。

「良かったら食べます？　夕食の余りですけど……」

エーリカがそう言ってランチボックスを差し出してきた。

「いいのか？」

「はい。作りすぎちゃったんで良かったら」

「悪いな。ありがたく頂くよ」

ランチボックスを受け取り、デスクに置く。

「はい。じゃあ、頑張ってください。私も帰って勉強に戻ります」

エーリカはそう言って頭を下げ帰っていったので、ランチボックスを開ける。すると、中にはいくつものサンドイッチが入っていた。

「良い奴だなー」

「本当に良い子ですね……ジーク様、わかってます？」

「何が？」

「これ、夕食の余りではなく、わざわざ作ったものですよ」

「え？　そうなのか？」

「だって、こんな量のサンドイッチが余るわけないじゃないですか。それに普通なら昼もサンドイッチだったのに夜も食べませんって」

俺は毎食パンだけど？　いや、それが普通じゃないのはわかっているけども。

「わざわざ作ってくれたのか……悪いことさせちゃったな」

「そう思われたくないから、ああ言ったんですよ。感謝して食べましょう」

そうだな……確かに感謝すべきだろう。俺は同僚に差し入れをするという発想すらない。

「ヘレンも食べるか？」

「一つください」

俺達は夕食のサンドイッチを食べ、作業を再開する。そして、日を跨《また》ぐ前に帰り、風呂《ふろ》に入って就寝した。

朝起きると、準備をし、家を出る。そして、やはり三十秒で支部に到着した。昨日も三十秒で帰れたし、残業の時はこれほど楽なものもない。もっと言えば、近いからこそエーリカもサンドイッチを持ってきてくれたんだろうし。良いところに住めたなーと思いながら支部に入り、二階に上がる。すると、やはりエーリカが先に来ていた。

「あ、おはようございます」

エーリカがいつものように満面の笑みで挨拶《あいさつ》をしてくる。

「ああ、おはよう。昨日はありがとうな。美味しかったよ」

「美味しかったですー」

二人で礼を言い、洗ったランチボックスを返した。

「いえいえ。このくらいしかできませんから。あ、ジークさんに手紙が来てますよ」

エーリカがそう言って俺のデスクを指差す。

「手紙？」

俺のデスクの上には淡いピンク色の封筒が置かれていた。

「アデーレさんという貴族の方からですね」

アデーレ……。

「ジーク様、詫《わ》び状兼礼状の返事ですよ」

「早くないか？　出したのは一昨日だぞ」

速達じゃん。

「読んでみますか？」

「後で読もう。今日中には依頼分を終わらせたいし」

手紙をしまい、今日も魔導石作成の作業を始めた。エーリカも鉄鉱石を鉄に変える作業に入る。

そのまましばらく地味な作業を続けていると、ヘレンが寝出し、支部長が階段を上がってきた。

「おう、やってるな」

支部長がこちらにやってくる。

「お疲れ様です」

「どうかされましたー？」

エーリカが手を止めて、支部長に聞く。

「いや、ちょっと緊急依頼を受けたって聞いてな」

エーリカが報告したのかな？　俺はしてない。

「たいした依頼じゃないですよ。でも、納期がかなり短いのでふんだくります」

「ああ、そうしろ、そうしろ。その辺はお前に任せる」

つまり請求書も俺が作らないといけないわけか。見積もりも出してないし、相談もなしに納期を縮めてきたからぼってやろう。

「支部長、こういう緊急依頼があったって、町長か軍のお偉いさんに伝えてもらえません？」

「ん？　事前に手を回しておくのか？」

「まあ、そんな感じです。というか、これ、エスマルヒ少佐が勝手にやってることで、上は知らないことだと思うんですよ。だって、魔導石の緊急依頼なんてありえないですし」

いくら貴族とはいえ、少佐程度が数百万も勝手に動かしていいわけがない。

「なるほど……進捗《しんちょく》はどうだ？」

「百個中六十二個終わっています。今日中には終わりますので明日には納品に行く予定です」

「……そんなに早く終わるもんなのか？」

「私は3級ですよ？　人間的にはあれですが、実力はあります」

エリート街道を突き進んでいた実力者なのだ。

「自分で言うか……」

「事実です。依頼に失敗したこともありません」

「いや、そっちじゃなくて……」

人間的にはあれの方か……。

「……それも事実です」

「そうか……とにかく、わかった。今から役所や軍部に行ってくるわ」

「お願いします」

支部長が出かけたので作業を再開する。そして、昼休憩の時間になり、昼食を食べると、午後からもひたすら作業を続けていった。

「エーリカ、二個目は早かったな」

エーリカは二個目の鉄鉱石を鉄に変え終わっていた。時刻は二時になり、昨日よりも早い。そして、品質も良くなっている。

「はい！」

「三個目はもっと早くなるぞ」

「頑張ります！」

俺達はその後も作業を続けていくと、五時を回った。チラッとエーリカを見ると、真剣な顔で錬金をしており、鉄鉱石も八割がた鉄に変わっていた。

「急ぎじゃないし、明日でもいいぞ」

「これだけは終わらせたいです」

気持ちはわかるな。あと少しならやってしまいたい。

「残業代はつけろよ」

「何気に初めてですね……」

人数も少ないのに暇な職場なんだな……。

「そうか……」

……さて、どうしようか？　実は俺、あと二個で終わる。終わらせて先に帰ってもいいかな？　どうだろ？

チラッとヘレンを見る。

「ジーク様、昨夜からぶっ通しで作業をしておられます。少し休憩されては？　お体に障ります」

休憩して、時間を合わせろってことか。

「そうするか……エーリカ、コーヒーでも飲むか？」

「あ、用意しますよ」

「大丈夫。気分転換に俺がやる」

少し腰を浮かしたエーリカを制すると、お茶のセットが置いてあるところに行き、コーヒーを準備する。そして、二人分のコーヒーを用意すると、一つをエーリカのデスクに置き、席についた。

「ありがとうございます」

「ああ」

コーヒーを一口飲むと、時間稼ぎのためにアデーレの手紙を取り出し、封を開けた。そして、手紙を読んでいく。

【親愛なるジーク様へ　丁寧なお手紙、ありがとうございます。謝罪は受け取りました。こちらはもう気にしていませんし、むしろ、私も言いすぎたかなと思っております。お互いに悪かったということで水に流しましょう。それとホテルに満足されたようでこちらとしても嬉《うれ》しく思います。あそこのホテルは眺めも良く、綺麗《きれい》な部屋でしたし、私が泊まった時に非常に良かった思い出がありましたので気に入ってもらえて良かったです。

また、食事のお誘い、ありがとうございます。是非ともご一緒したいと思います。ジークさんが王都に来られた際には声をかけていただけると嬉しいです。

そちらの生活はどうでしょうか？　仕事は忙しいでしょうか？　リートについてはあまり情報が入ってこないので気になります。では、お体にお気を付けてお過ごしください】

「何て書いてあります？」

ヘレンが聞いてきた。

「ひとまず謝罪は受け取ったし、もう気にしていないと書いてあるな」

「良かったですね」

これこそ社交辞令じゃないだろうか？

「ホテルの件も喜んでもらえたなら良かったと書いてあるな。例の社交辞令も是非と書いてある」

王都に戻ることがあったら食事しようってやつ。

「社交辞令じゃないですって」

王都に戻ることがないんだから社交辞令だよ。

「実際、食事なんか行かんしな。アデーレと二人で何を話すんだよ」

「いや、元同級生で同じ職場で働いていた友人なんですから、学生時代のことでも仕事のことでも何でも話せるじゃないですか」

そこが地雷なんだなー、これが。何しろ、覚えてなかったし。

「もし、その時があれば、お前が間に入ってくれ。可愛いお前なら皆が笑顔になる」

「悲しいですねー……他には何か書いてありましたか？」

他に……。

「『そちらの生活はどうでしょうか？　仕事は忙しいでしょうか？』って書いてるな……え？　これ、返さないとダメ？」

というか、左遷された俺に聞く？　ケンカ売ってんの？　いや、アデーレはそんな奴じゃないか。

「聞かれているなら、答えないとダメでしょうね」

マジかよ……謝罪と礼をして終わりだと思っていた。

「また手紙を書くのか……」

「ご友人でしょう？　普通のことですよ」

普通……。

「なあ、俺とアデーレって友人で合ってんの？　ロクな会話をしてないぞ」

手紙の冒頭に『親愛なるジーク様へ』って書いてあるけど。

「これからするんですよ。そのための手紙でしょう」

めんどくさい、友人なんていらない、無視したい……これが今の俺の思いなんだが？

「エーリカは友達が多そうだな」

邪魔かと思ったが、聞いてみる。

「そんなことないですよ～」

絶対に多いだろ。エーリカは人当たりも良いし、敵を作らないどころか味方ばっかりな感じがするし。

「めんどくさいと思ったことはないか？」

「ありますよ～」

え？

「意外な答えだ」

「人間ですから機嫌や体調が悪い時もあります。それにケンカする時もあります。その時は良い気分ではないですけど、それ以上に一緒に遊んだり、過ごした楽しい思い出がありますよ。そちらの方がずっと大きいんですよ」

なるほど。ゼロか百で考えたらダメなんだな。

「手紙、書くか……」

「良いと思いますよ。それと横で聞いてて思ったんですけど、アデーレさんにも仕事はどうかって聞いた方が良いですよ」

「なんで？」

「逆にアデーレさんがそう聞いてほしいから、仕事のことを聞いているんだと思います。女性はそんなものです」

「……そうなの？」

ヘレンを見る。

「愚痴を聞いてほしいんでしょうね」

「この手紙にその愚痴を書けばよくね？」

「奥ゆかしい方なんですよ」

まあ、貴族令嬢だしな。

「なあ、ヘレン。聞いたらダメなことを聞くけど、俺にメリットあるか？」

「聞いたらダメですねー。そんなものはまだわかりません。お二人はまだ何も始まっていませんし、どうなるのかは誰もわかりませんよ。でも、今までジーク様の人生はそういう人付き合いをデメリットと考え、切り捨ててきたんですよね？　それで失敗したんですから、今度は飛び込んでみましょう」

未知の世界に飛び込むのは怖いな。俺、嫌われることに関しては自信があるし。

「エーリカもそう思う？」

「思います」

即答か。

「じゃあ、書いてみるわ」

二人が言うならしゃーないと思い、書くことに決めたところで仕事に戻る。そして、仕事を続けていくと、残り二個の魔石を魔導石に変え終えたので、最後に請求書を書くことにした。

「いくらくらいにしよ？」

「普通に請求したら、どのくらいなんですか?」

エーリカが聞いてくる。

「普通の依頼だったら百万エル。緊急依頼で納期が極端に短いからその倍だな……あとは依頼者都合でさらに短くなったことを踏まえると……三百万エルかな? まあ、五百万エルくらいにしておくか」

「すごいですね」

「民間だったら六百万は取る。そのギリギリを攻めるのがコツだな」

五百万でも結構ぼっているが、民間より安いから問題ないだろ、で、向こうは何も言えない。こっちに非はないし。

「それだけの実力があるなら、ジークさんって民間に行った方が儲《もう》かりません? ご自分でお店でも出したらどうです? まあ、抜けられたらウチは困るんですけど」

正直、出世の道も絶たれているし、民間で稼いだ方が金は得られる。

「バカな客を相手にしたくないんだよ。クレーマーとか大嫌いだ」

「あ、なるほど……」

エーリカはすぐに納得した。

「まあ、請求書はこんなものだな。後は向こうの出方次第で交渉って感じ。エーリカ、鉄はどうだ?」

「もうできます。でも、結構、かかっちゃいましたね」

時刻は七時を回っており、一個目にかかった時間と変わらない。ただし、質はさらに良くなっている。

「しゃべる余裕はあっただろ」

「確かにそうですね。よし、やってしまいます」

　エーリカは気合を入れ、最後の作業にかかる。すると、数分で三個目の鉄鉱石を鉄に変えた。

「お疲れ。帰るか」

「はい。しかし、二日で終わってしまうんですね」

　エーリカが箱に入った魔導石を見る。

「いつかやれるように……なれるよ」

　無理かな……。

「今のは嘘ってすぐにわかりますね～」

　エーリカが笑った。

「そんなことないぞ。よし、帰ろう」

「そうですね」

　俺達は片付けをし、支部を出る。すると、すでに辺りは暗くなっており、夜だった。

「エーリカ、俺はパンを買いに行くから、ここでお別れだ。また明日な」

「あれ？　食事は作られないんですか？」

「ヘレンのために作る時はあるが、あまり作らんな。まあ、それ以前にまだ荷物の整理ができていないんだよ」

　道具が段ボールの中だ。

「あー、引っ越したばかりでしたね。でしたらウチで食べませんか？　ご馳走《ちそう》します！」

ご馳走……作ってくれるってことか。

「ちょっと待て。会議をする」

「どうぞ～」

「ヘレン、これはどうするべきだ？」

ヘレン先生に聞いてみる。

「いや、行かない選択があるんです？」

「この時間に女性の家に行くのは失礼だろう」

前も部屋を見せてもらったが、あれは昼間だったし、すぐに帰った。

「あ、まともなやつでしたね。エーリカさんが大丈夫って言っているんですから大丈夫です。せっかくだし、ご馳走になりましょうよ」

ヘレンは賛成か。

「エーリカ、いいか？」

「ええ。是非」

俺達はエーリカの家に行くことにし、歩いていくと、三十秒で到着した。

「本当に近いと楽だな」

「ですよね。忘れ物をしてもすぐです。あ、どうぞ～」

エーリカが扉を開け入っていったので、俺達も続く。

「お邪魔します」

「どうぞ、どうぞ」

エーリカが電灯を点けると、この前も見たリビングだった。

「準備しますんで、座って待っててくださいね」

エーリカがそう言って寝室の方に行ったので、テーブルの席に座る。

「腹減ったな」

「頑張りましたもんね。お酒は飲んじゃダメですよ」

飲まんわ。というか、エーリカは飲まないんだから、この家に酒なんてないだろう。

俺達がそのまま待っていると、エーリカがリビングに戻り、キッチンで作業を始めた。

「パスタでいいですか？」

「ああ、悪いな」

「あのー……ヘレンちゃんも食べます？」

「食べまーす」

ヘレンが答える。

「大丈夫？　猫って食べちゃダメなのがあるよね？」

「あ、私、使い魔なんで猫じゃないです」

猫だよ。

「そういえば、そうだったね。じゃあ、作るね」

「ありがとうございます。いやー、良い人ですねー」

ホントな。ヘレンの分まで用意してくれるなんて人間ができすぎている。

「待っている間にアデーレ宛《あて》の手紙を書くか」

紙とペンを取り出し、テーブルに置く。

「そうしましょう。仕事のことを聞いてましたよね？」

「そうだな。人に恵まれ、そこそこ充実していると書くか」

エーリカも支部長も悪くない。

それどころかエーリカに二夜連続で晩飯までご馳走《ちそう》になっている。

「ちゃんとアデーレさんにも聞くんですよ？」

「わかってるよ」

錬金術師が三人しかいないリート支部でそこそこ頑張っていることを書いた後に、そちらはどうですかと書く。そうやって、手紙を書いていくと、ちょうど書き終えたタイミングでエーリカが三人分のパスタとスープを持ってきてくれた。

「お待たせしました～」

エーリカがテーブルに料理を並べる。

「悪いなー」

「ありがとうございます」

「いえいえ～。食べましょうか」

俺達はパスタを食べ始める。

「うん、美味いな」

「魚介類ですね。王都では中々食べられないですよ」

王都は国の真ん中の方だから、海がないからな。

「この町は海が近いし、色々獲れるんですよ。でも、お口に合ったのなら良かったです」

食レポはできないが、エビとかがパスタと合って美味いな。

「エーリカは料理が得意なのか？」

「そんなことないですよ～。でも、自分で作るようにしていますね」

エーリカの頬がちょっと染まった。

これは絶対に得意だわ。さすがに俺でもわかる。

「良いですねー。ジーク様は私のご飯は作ってくださるんですが、自分は全然ですもんね」

「パンだって美味いぞ」

飽きることなんてないし、サプリメントで栄養バランスも完璧《かんぺき》だ。

「あのー、さすがに味気がなくないですか？　この町は色んな食材が獲れるので料理も有名なんですよ」

エーリカが勧めてくる。

「うーん……めんどくささが勝つなー」

歓迎会の料理もこのパスタも美味い。でも、パンだって美味いのだ。

「良かったら私が作りましょうか？」

ん？　作る？　お前が？　俺に？

「いや、さすがにそれはエーリカに悪い」

「そんなことないですよー。というか、すでにレオノーラさんの食事も作ってますしね」

「そうなのか？」

「はい。今は出張中ですが、それまではずっとウチで食べてましたね」

すごいな……レオノーラが図々しいのか、エーリカがすごいのか……。

「大変だな」

「いえ、一人分を作るより楽ですよ。それに食べてもらえると嬉《うれ》しいですから」

エーリカが照れたように笑う。

「そうか……」

俺、頭が良いけど、エーリカが言っている意味がわからない。

「ジーク様、お言葉に甘えては？」

「え？　じゃあ……エーリカ、本当に良いのか？」

「はい！　お料理は得意……好きですから！」

へー……まあ、金ぐらいは出すか。


エーリカの家で夕食をご馳走になった俺達は礼を言い、自分達の家に戻ると、風呂《ふろ》に入り、就寝した。そして翌日、支部に出勤した俺は魔導石の最後のチェックをする。

「どうですか？」

エーリカが聞いてくる。

「問題ないだろう。これで文句は言えん」

さすがは俺だ。人間的にはあれだが、実力はバッチリ。

「じゃあ、詰所に行きますか？」

「ああ、悪いがついてきてくれ」

「わかりました」

魔導石が入った木箱を空間魔法にしまい、エーリカと共に支部を出ると、詰所に向かう。

「エーリカ、ついてきてもらって悪いな」

「いえ、一緒に行きますよ」

本当は俺一人でもいいのだが、ちょっと色々と自信がなかったのだ。もちろん、嫌われることが、である。俺が嫌われることは百歩譲って仕方がないことだが、支部の現状を考えると、俺の評判がそのまま支部の評判になりそうだし、ここはおだやかで人当たりの良いエーリカを前に出した方が良いと判断したのだ。

「すまんが、エーリカが話してくれ。もし、少佐が出てきたら俺が話す」

あれには嫌われても良いだろう。

すでに嫌われているだろうし、請求書を渡したらキレそうだもん。

「わかりました」

話し合っていると、詰所に到着した。そして、エーリカを先頭に中に入り、受付に向かう。

「ルッツくーん」

エーリカが受付内にいるルッツに声をかけた。すると、こちらに気付いたルッツがやってくる。

「やあ、エーリカにジークさん。どうしたの？　やっぱり三日はきつかった？」

「いや、ジークさんがもう作っちゃってね。納品に来たんだよ」

「はい？」

ルッツが首を傾げたので空間魔法から木箱を取り出し、カウンターに置いていった。

「これが納品書だ。確認してくれ」

すべての木箱を置き、最後に納品書をルッツに渡す。

「え？　本当にもうできたの？」

「ジークさんは優れた錬金術師なんだよ」

そうだ、そうだ。

「へ、へー……とにかく、確認するよ」

ルッツは納品書を見ながら、木箱に入っている魔導石を一つ一つ確認していく。

「ねえ、この納品書に鑑定印が押してあるんだけど？」

「俺が鑑定した。鑑定士の資格も持っているんだ」

鑑定して質を保証しないと、マジで何を言われるかわからんしな。

「す、すごいね……えーっと、確かに魔導石が百個だよ……ごめん、ちょっと待ってくれる？」

ルッツがそう言うと、奥に行き、部屋に入った。

「エーリカ、下がれ。少佐が出てくる」

「わ、わかりました」

エーリカが下がったと同時に奥の扉が開き、ルッツと共に少佐が出てきて、こちらにやってくる。

少佐はこの前と同様に偉そうに腕を後ろで組んでいるが、雰囲気的に不機嫌そうだ。緊急依頼ということで三日の期日なのに二日で納品にした者にする態度ではない。

「ルッツから納品に来たと聞いたが、何かの間違いであろう？」

少佐が受付越しに俺の前に立つと、バカにしたように聞いてくる。

「いえ、本当です。魔導石を百個、確かに納品させていただきます」

「ありえん。あれから二日だぞ」

「そんなことはありませんよ。ご覧のようにちゃんと揃えていますし、ルッツ殿に確認してもらいました」

そう答えると、少佐の眉間《みけん》が険しくなる。

「買ったのか？」

「はい？　どういう意味でしょう？」

「三日では用意できないと踏んで、市場で買ったんだろう？」

バカかな？

「なんでそんな赤字が出ることをしないといけないのですか？　魔導石は質にもよりますが、市場で一個十万近くはしますよ？　ウチが大赤字になるじゃないですか」

「そうじゃないとありえないのだ」

「そうですか……まあ、そちらがどう思われようが自由ですよ。こちらとしてはそちらが依頼された品物を期日内に納めた。その事実だけで十分です。こちらが請求書になります」

請求書を少佐に渡す。

「五百万エル……？　高すぎるわ！」

少佐が請求書をカウンターに叩《たた》きつけ、怒鳴った。そのせいで受付内にいる兵士や職員がビクッとする。

「正当な値段ですよ」

「ふざけるな！　魔導石ならば一万エルが相場だろう！　それが百個で百万エルだ！　何故、五倍になっている⁉」

こいつ、人の話を聞いてなかったのか？

「それは正規の場合です。それも協会が提示する安めのものです。今回は緊急依頼かつ、三日という少佐ご自身がありえないと認識されるほどの緊急依頼です。当然、その分、料金は跳ね上がりますし、事前にそう言ったではありませんか」

「貴様……！　おい、これは本当に魔導石なんだろうな⁉」

少佐がルッツに怒鳴った。

「確かに魔導石です。しかも、鑑定印付きの納品書もこちらに」

「見せろっ！」

少佐がルッツから強引に納品書をふんだくり、読み出す。

「おい……鑑定した者の名が貴様の名になっているが？」

「私が鑑定しましたからね」

「ふざけるな！　こんなもんいくらでも偽造できるではないか⁉」

は？

「少佐、その言葉は即刻、取り消してください。私は鑑定士の資格を持っています。これは国王陛下から認められた国家資格です。これを侮辱するのは大罪ですよ」

鑑定士は錬金術師の資格と同様に国家資格だ。つまり、国王陛下の名のもとにその技量があるという証明でもある。これをその辺の庶民がいちゃもんをつけるならまだしも、貴族であり、少佐の地位につく者が批判するのは許されない。

「っ！　冗談に決まっておるわ！　しかし、五百万エルは高すぎる！」

少佐もさすがに訂正した。

冗談で済まないいんだけどな。

「事前に相談もなく三日と期日を決めたのはそちらです。以前も言いましたが、民間であればもっと高いです」

「くっ……！　貴様、これをどうやって用意した⁉　10級やそこらの錬金術師が用意できるものではない！　不正が疑われる！」

不正したからなんだよ。そっちには関係ないだろ。

「少佐、私は3級の資格を持つ国家錬金術師です。この程度ならすぐです」

「さ、3級⁉　嘘をつけ！」

「本当です」

そう言って、資格証となっているネックレスを空間魔法から取り出し、少佐に見せる。

「黄金の鷲《わし》……」

錬金術師の資格証は鷲のネックレスである。そして、10級から7級が銅、6級から4級が銀、そして、3級以上が金なのだ。

「言っておきますが、これは国王陛下より直々に頂いた物です。偽物と疑うのは許されません」

３級以上は本当に陛下より直接手渡される。だから当然、疑うのは陛下を疑うことになり、大罪だ。もっとも、偽証罪はもっと重くなる。

「３級がなんであんな潰《つぶ》れかけの支部に……！」

左遷されたんだよ。絶対に言わないけどな。

「とにかく、請求書は置いておきますよ。減額申請をしたいなら上を通してください。そちらの上官とウチの支部長で話し合いでもしてくださいね」

「――その必要はない」

後ろから声がしたので振り向くと、白い軍服を着た初老の男が正面玄関に立っていた。その男は立派なカイゼル髭《ひげ》をしており、どう見てもかなりのお偉いさんのように見える。

「た、大佐！」

少佐がそう言うと、この場にいるすべての軍人が敬礼をし、座っていた職員も慌てて立ち上がり、敬礼をした。すると、初老の男が姿勢良く歩き、俺とエーリカの前に立つ。

「錬金術師協会の者達だな？　私はカールハインツ・ヴェーデルだ。階級は大佐になる」

大佐……リート軍のトップか。

「私は錬金術師協会リート支部のジークヴァルト・アレクサンダーです」

「お、同じくリート支部のエーリカ・リントナーです」

俺が自己紹介をすると、エーリカも慌てて続いた。

「うむ。この度の依頼のことはラングハイム支部長から聞いている」

支部長、ちゃんと手回しをしてくれたか。

「さようですか。減額申請をなさいますか？　こちらからその旨を支部長に伝えます」

「いらん。請求書通りでいい」

「た、大佐……しかし……」

少佐が明らかに動揺しながら大佐を止める。

「緊急で魔導石が必要なのだろう？　ならば仕方がない。ルッツ、処理をして、協会に支払え」

「はっ！」

ルッツが敬礼をする。

「しかし、少佐、緊急とは何だ？」

「え？　それはその……」

「ふむ……下の者の耳には入れられん話か。後で私のところに来い」

「は、はい……」

あーあ……当たり前だけど、大佐は気付いているわ。まあ、どうでもいいな。

「エーリカ、仕事は終わったし、帰るぞ」

「え？　あ、はい」

俺達は正面玄関の方に歩いていく。

「少し待て」

玄関の扉を開けようと思ったら大佐が止めてきたので、振り向いた。

「何でしょう？　私達も暇ではないのですが？」

そう言うと、肩にいるヘレンが見えないように尻尾《しっぽ》で背中を叩き、エーリカが服を掴《つか》んでくる。

「それは申し訳ない。実は仕事を頼みたいのだ」

あ、依頼だった。

「どのような依頼でしょうか？」

「剣を一本作ってもらいたい」

「剣、ですか？」

武器屋に行け。

「できんか？」

「可能ですが、錬金術師協会に頼みますか？」

何度でも言おう。武器屋に行け。

「アレクサンダー3級国家錬金術師は王都でも指折りの実力と聞いた。その腕を見込んでのことだ」

は？　舐《な》めてんの？


「指折り？　指は一本で十分でしょう」

そう答えると、ヘレンがまたもや尻尾で背中を叩き、エーリカが袖《そで》を引っ張る。

「大層、自信があるようだな……」

「自信？　事実です。あんな口だけの2級、1級共――」

「ジーク様、黙りましょう」

ついにヘレンが苦言を呈してきた。

「失礼。それで剣作成の依頼をしたいというのはわかりました。どういった剣でしょう？」

「ふむ……実は来月に王都で知り合いの誕生日祝いがあるのだ。それの贈り物だな。最低でもＣランクの魔剣を用意せよ」

「一つ承知してもらいたいことがあります」

「何だ？」

「質は保証しますし、鑑定書もつけましょう。ですが、装飾はできませんよ？　私はそういう美的センスが皆無なもので」

贈り物の剣には鞘《さや》や柄に色んな装飾をするものだ。だが、俺はそういうのがものすごく苦手。

「その辺りは別の業者に頼む。貴殿に頼みたいのは刀身だ」

「それならば問題ありません。期日は？」

「二週間で頼みたい」

余裕だな。エーリカのインゴットの面倒を見ながら地道にやるか。

「かしこまりました。見積もりは必要ですか？」

「いらん。依頼料は五百万エルだ」

高い……Ｃランクなら三百万の見積もりを出すつもりだった。

「五百万エルということは、Ｃランクでよろしいということですね？」

そう聞くと、大佐が目を細める。

「Ｂランクならば八百万出す」

「なるほど……」

Bランクで良いわけだ。

「……Aなら千……いや、千五百万エル出そう」

「かしこまりました。では、そのように。失礼します」

「し、失礼しますっ……」

俺達は軽く頭を下げると、詰所を後にした。

◆◇◆

私とルッツは納品された魔導石を持って、地下の倉庫にやってきた。そして、ルッツから渡された二枚の紙を見比べる。一枚はルッツが購入した魔石の鑑定書であり、これには魔石のランクが書かれている。もう一枚はジークヴァルトが納品した魔導石の鑑定書であり、こちらもランクが書かれていた。

「すごいな……ランク落ちが一つもない」

ランク落ちというのは錬成した物が錬成前より質が落ちることである。これは錬金術師の腕や触媒などの影響を受けるものであり、そう珍しいことではない。

「大佐、その鑑定書は本物でしょうか？」

「偽物だったら資格はく奪だぞ」

それほどまでに偽証の罪は重い。

「しかし、ランク落ちが一つもないとは……私は錬金術師に詳しくないですが。３級ともなるとすごいですね」

「私は妻が錬金術師だからある程度は知っているが、聞いたことがないな。特に魔導石作りは難しいと聞く」

それをわずか二日で百個か。

「そこまで……ジーク殿は何者でしょうか？」

「王都で最高の錬金術師と言われるクラウディア・ツェッテルの一番弟子らしい」

「クラウディア・ツェッテル……魔女クラウディアですか」

この国に三人しかいない1級錬金術師であり、錬金術師協会のボスである。最近は政治にまで顔が利く王都の魔女だ。

「そうだ。王都で問題を起こし、左遷されてきたようだ」

「問題？　何かあるんですか？」

「昨日、支部長に聞いたが、致命的なまでに人とのコミュニケーションが苦手らしい」

「そうは見えませんでしたが？　普通にしゃべっていました」

何か偉そうだったが、確かに普通の範疇《はんちゅう》だった。

「訓練中だそうだ。自分以外は無能と本気で思っている奴らしい」

しかも、それを態度に出すらしい。たとえ思ったとしても、普通は隠す。

「そ、そうですか……」

「ルッツ。お前はあそこの支部の娘と親戚《しんせき》だったな？」

「はい。エーリカは私の従妹になります」

ちょうどいいな。

「少佐のような錬金術師協会に不満を持っている者が対応すると面倒だ。お前が窓口になれ」

「はっ！」

さて、ジークヴァルト・アレクサンダーはどのような魔剣を持ってくるか……あの自信にふさわしいかどうか、楽しみだな。そして、その結果次第ではこちらも動かないといけないだろう。

◆◇◆

「ジーク様ぁ……あの嫌味臭いのを直しましょうよー」

「ジークさん、さすがに大佐はマズいですって」

詰所を出ると、二人が苦言を呈してきた。

「わかってる。でも、大佐が俺をバカにしてきたのが悪い」

「え？　バカにしてました？」

「ジークさんを褒めてたような気がしますけど……」

どこが？

「指折りって言ってただろ。つまり俺に並ぶ存在が他に四人もいるってことだ。いねーよ」

陛下もお前に並ぶ者はおらんって言ってたし、師匠も史上最高の天才って褒めたんだぞ。

「あ、はい」

「ジークさんはあれを悪口と捉《とら》えるんですね……気を付けます」

ぐっ……俺が悪いっぽい。

「わ、わかっている。一生懸命、人格矯正中だ。それよりもエーリカ、魔鉱石を売っている店に案内してくれ」

「あ、そうですね。新しい依頼をもらいましたもんね。こっちです」

俺達は町中を歩いていく。

「今回の依頼で五百万、今度は千五百万か……ボーナスは期待できそうだな」

基本給は下がったが、ボーナスくらいは良い額をもらえるだろう。

「あのー……本当にAランクの魔剣を用意するつもりなんですか？」

エーリカが聞いてくる。

「Cだろうが Aだろうが手間は一緒だからな」

「ジークさんって魔剣も作れるんですね」

「まあな」

実は武器作成が一番得意だったりする。この世界にはない拳銃《けんじゅう》やビームサーベルも作ったし。もっとも、絶対に外には出せないが。

「すごいですね～……」

「エーリカだってもの作りが得意なんだろ？　剣も作れるんじゃないか？」

エーリカならそっちの道にも行けそうだ。

「いやー……武器は怖いです」

あー、女子はそう思うか。

「料理が好きだったな？　だったらそういう道具を作ってみるのはいいんじゃないか？　俺もミキサーを作ったし」

「良いですねー。でも、何ですか、それ？」

「なんか混ぜるやつ」

栄養ドリンクを作ろうと思って作ったが、サプリメントができたので不要になったものだ。

「よくわかりませんが、今度見せてくださいよ」

「いいぞ」

俺達は話しながら歩いていき、とある店に入った。店の中は木箱に入った色とりどりの石が売られている。

「ここが魔鉱石を売っている店ですね」

魔鉱石は魔力を持った鉱石の総称で、これらを使って剣にエンチャントし、魔剣を作るのだ。

「王都より充実しているな」

「この辺に鉱山もあるんですよ」

この町ってマジで豊かだわ。何でもある。

「さて、どうしようか。氷、水、雷……いや、男なら炎の魔剣か」

軍人だし、そんな気がする。

「炎の魔剣を作られるんですか？」

「そっちがわかりやすくて良いと思うしな。そういうわけで紅鉱石だ」

真っ赤な石が詰め込まれている木箱を覗《のぞ》くと、一つ一つを手に取り、選別していく。

「わかります?」

「鑑定士の資格を持っているって言っただろ」

「あのー、なんでそんなに資格を持っているんですか? 確か、魔術師も5級でしたよね?」

すごいだろう? すごいんだぞ。

「鑑定士に関しては錬金術師でもそこそこ取っている奴はいるぞ。大きなプロジェクトだと一つ一つの材料を鑑定しないといけないんだが、いちいち鑑定士に依頼をしていたら時間がかかって仕方がないからな。だから時短のために取るんだ。そして、そういう奴が上に行く」

仕事のスピードが圧倒的に違うから当然である。

「へー……王都の錬金術師ってすごいんですね」

「エーリカも持っておいて損はないぞ。仕事をする際に意識して材料を見ろ。そうやっていると、自然と身につくし、そうなったらそこまで難しい試験じゃない」

「なるほど~。やってみます」

「そうしな……紅鉱石はこれでいいか」

紅鉱石を選ぶと、他にも必要な材料と共に購入し、支部に戻ることにした。そして、エーリカが昨日に引き続き、鉄鉱石を鉄に変える作業に入る。

「魔剣ってどうやって作るんですか?」

購入した紅鉱石と鉄鉱石を机に置くと、エーリカがこちらを見ながら聞いてくる。どうやら鉄鉱石を見なくても錬成できるようになったらしい。成長を感じるな。

「色々と方法はあるが、オーソドックスに鉄で剣を作り、その後に紅鉱石から抽出したエレメントをエンチャントする」

「なんか難しそうですね」

「実際、難しいと思うぞ」

俺にとっては造作もないがな。

「へー……私もいつかできるようになりますかね？」

「技術的にはな。でも、武器が怖いんだろ？　ならやめとけ。似たようなもので焼くこともできる包丁でも作れよ」

「使い道がありそうでなさそうですね」

「そうかもしれんな」

まあ、応用は自分で考えてくれ。

「あ、そういえば、明日は休日ですけど、ジークさんはどうされるんですか？　もし良かったら、町を案内しますよ？」

明日は休みか。

「いや、明日こそは部屋を整えたい」

「あー、そうでしたね。手伝いましょうか？」

エーリカは本当に人間ができているな。

「ちょっと待て。会議をする」

「はーい」

エーリカも慣れたものですぐに頷《うなず》いた。

「ヘレン、どう思う?」

机の上で丸まっているヘレンに聞く。

「せっかくですし、手伝ってもらいましょうよ」

「俺もありがたいし、そう思う。だが、なんかエーリカが舎弟か便利な小間使いに見えてきたんだが……」

「ひど～い」

「優しい方なんですよ。こういうのは助け合いです。エーリカさんが困った時にジーク様がそっと手を差し伸べるのです」

助け合い……。

「なるほどな。エーリカ、困ったことがあれば言えよ」

顔を上げて、エーリカを見る。

「いつも助けてもらってますよー。勉強も見てくださいますし、仕事も教えてくれるじゃないですか。ジークさんって本当に良い人だなーって思います」

こいつ、人を見る目は皆無だな。

「大丈夫かな、この人……エーリカさん、詐欺師には気を付けてくださいね」

「ひど～い」

いやー……俺もヘレンと同意見だわ。エーリカは善すぎてちょっと心配になってきた。

間章　どうだろう？

朝、出勤すると、受付奥にある支部長室から支部長さんが顔を出しているのが見えた。

「おはようございます」

「ああ、おはよう。エーリカ、ちょっといいか？」

支部長さんが手招きしてきたので支部長室に入る。そして、デスクについたので前に立った。

「どうされました？」

「たいした話じゃない。ジークはどうだ？」

ジークさん？

「なんというか……本当に雲の上の存在という感じですね。錬金術の腕が私とは桁違《けたちが》いです」

十年かかってもたどり着けない気がする。

「そんなにか？」

「はい。あまり比べるようなことをしたくありませんが、昨年までここに在籍しておられた先輩方よりもはるかに格上だと感じます」

先輩達だってすごく優秀な人達だなと思っていたが、ジークさんは全然違う。あれが華の王都の錬金術師なんだろうか？

「そうか……さすがは3級だな」

３級……この国に百人もおらず、それも大半が四十代以上と聞く。

「そんな方がウチに来られて、ありがたい限りです」

この支部の再建に向けて、希望が見えてきた。

「人間性はどうだ？　本部からの話を聞く限りではそこが一番心配だ」

「どうなんでしょう？　左遷されるくらいに嫌われていて、人間性が良くないと聞きましたが、そんなことないような気がします。丁寧に仕事を教えてくださいますし、優しい方ですよ」

ヘレンちゃんとの謎の会議も微笑ましくて、可愛らしい。

「ふむ。俺もそこまで破綻《はたん》した人間とは感じなかったな。ちょっと常識がないところがあるし、偉そうな奴だなとは思うが、勝ち続けてきたエリートと考えればそこまで気にするところでもない」

確かに言葉遣いがちょっと偉そうとは感じる。でも、それだけ自信があるということだし、実際にその自信の通りなんだろう。

「まだ新人を卒業したばかりの私としては、あれくらいの方がありがたいです。私はまだちょっと自分の仕事に自信が持てませんので……」

職歴が浅いのはもちろんだが、それ以上に昨年からほとんど仕事がない。だからこそ、自信満々で引っ張ってくれるジークさんがありがたい。

「上手くやれそうか？」

「はい。心強いですし、頑張れそうです」

足を引っ張らないようにしよう！

「わかった。まだ帰ってきてないが、レオノーラはどうだろうか？　あいつは貴族だ」

そういえば、レオノーラさんって貴族だ。そういう風に感じないからあまり意識してなかった。

「レオノーラさんは大丈夫ですよ。明るくて優しい方ですし、人と争うような方ではありません」

ちょっと我が強いけど、いつもニコニコしているし、とても良い人だ。

「まあ、ジークとぶつかりそうにないなら問題ない。俺が思うにジークが向こうで嫌われたのも、王都の派閥争いや出世争いが原因に思えるな」

「そうかもしれませんね。あれほどの才能をお持ちですし、その自信を隠しませんから」

大佐にケンカを売るようなあの言動を、王都でもしていたのだろう。

それでライバル達とぶつかった。

「となると、こちらでは問題なさそうだな」

ジークさんより上の錬金術師はいないし、下は私やレオノーラさんというほぼ新人だから争いにはならないと思う。というか、争われてもどうすればいいかわからないから困る。

「あの、支部長……本部はともかく、他所の町に引き抜かれませんかね？　私はそっちが怖いんですけど」

ジークさんの人間性が悪くないのは良いことだし、ありがたいことだが、そうなると、他所の町が放っておくだろうか？　資格持ちの錬金術師はどこも欲しがるし、ましてや3級ともなれば引っ張りだこだろう。

「それがあるな。エーリカ、ちょっと引き留めろ」

えーっと？

「どうやって？」

「わからん。あいつが何を望んでいるのかも知らんし、どういうモチベーションで仕事をしているのかもわからん」

「出世では？　向上心が強い方なんですよね？」

あまりそんな感じはしないけど。

「その出世はここでは見込めないだろう？　支部長の席でも譲るか？　いくらなんでもそれはできんし、各支部の支部長は本部の人事が決めるから、俺の一存でも決められん」

支部長さんにいなくなられても、それはそれで困る。

「うーん、ちょっと聞いてみます」

「頼む」

「わかりました。では、仕事に行きます」

そう言って一礼すると、支部長室を出て、二階に上がる。時間的にもうジークさんもいるのかなと思ったが、姿が見えない。ただ、ジークさんのデスクにはヘレンちゃんがおり、尻尾《しっぽ》をくねくねと動かしながらあくびをしていた。

「あ、エーリカさん、おはようございます」

デスクに近づくと、ヘレンちゃんが挨拶《あいさつ》してきたので抱える。

この子は抱きかかえてもまったく暴れないし、可愛らしく見上げているだけだ。非常に可愛いし、ジークさんが溺愛《できあい》するのもわかる。

「おはよ〜。ジークさんは？」

「上の倉庫へ在庫の確認に行きました」

なるほど。ちょうどいいかもしれない。

「そっか～。ヘレンちゃん、ちょっといい？」

「何でしょう？　ジーク様に彼女はおられませんよ」

あ、そうなんだ。かっこいいし、仕事もできそうだからモテそうだけど……あ、いや、よくわからないけど、王都では嫌われているのか。

「へー……ねえ、ジークさんって本部に帰ったり、他所の町に行く気はあるのかな？」

「んー？　どうでしょう？　ないんじゃないですかね？」

あれ？　そうなんだ……。

「出世したいんじゃないの？」

「それよりも別のものを見つけた方が良いと思いますし、そうする気なんじゃないですかね？　それに今回の辞令は本部長さん命令ですので、勝手に他所の町には行けないのでは？　本部長さんはジーク様の師匠ですし、親なんで」

あ、そっか。ジークさんは本部長さんのお弟子さんだった。

師弟関係は厳しいし、そうなるのか。

「ジークさんってこの町を気に入っているかな？」

「それはそうだと思いますよ。良い町じゃないですか。というか、ジーク様はどこでも良いような……どうせ休日も家で読書しているか錬金術をしているだけですし」

おー！　私と一緒！　それに料理と買い物をプラスすれば私の休日だ。

「ヘレンちゃんは何をしているの？」

「寝てます。お昼寝が好きなんで」

そういえば、いつもデスクの上で丸まっている。その姿は非常に可愛く、職場の癒しだ。

「――ん？　エーリカか」

ジークさんが三階の倉庫から戻ってきた。

「あ、おはようございます」

「おはよう。今日は遅かったな」

いつもは私が先に来ている。

「支部長さんに呼ばれてたんですよ」

「ああ、そういうことか」

納得したジークさんが自分の席についたので、抱えているヘレンちゃんをジークさんの膝《ひざ》の上に乗せてあげた。すると、ジークさんがヘレンちゃんを撫《な》でる。

「何の話をしていたんだ？」

ジークさんが顔を上げ、聞いてくる。

「ジークさんが他所に行くのかなーって話です」

「他所？　なんでだ？」

「ヘッドハンティングとかもあるのかなと……」

「俺、ここに赴任して一週間も経ってないぞ？　まだ荷物整理もロクにできてないのに、なんでそんな話が来るんだよ」

それは確かにそう。

「将来的な話ですよ」

「将来か……本部長次第だな。というか、今は自分の将来よりこの支部の将来を考える時だわ」

ちゃんと支部のことを考えてくれているのは嬉《うれ》しい。

「じゃあ、今日も仕事を頑張りましょうか」

「そうだな。エーリカ、コーヒーを淹れてくれ。動けなくなった」

ヘレンちゃんがジークさんの膝の上で寝てしまったのだ。確かにこれは動けない。

「わかりました。ちょっと待ってくださいね～」

私は立ち上がると、二人分のコーヒーを用意した。そして、この日もジークさんに教えてもらいながら仕事をこなしていく。

やはりジークさんの教え方は丁寧だし、優しい。時折り、眉《まゆ》をひそめて、『なんでこんなこともわからないんだ？』という顔になるが、それでも根気よく教えてくれた。本当に良い人が来てくれて良かった。

第三章　仲間

仕事を終え、エーリカに夕食をご馳走《ちそう》になると、家に帰り、就寝した。そして翌日、エーリカが朝から来てくれて荷解きの手伝いをしてくれる。

「ジークさん、これは何ですか？」

「空気清浄機。ウチのヘレンはデリケートなんだ」

埃《ほこり》とか毛を吸うことができる。

「へー……これは？」

「加湿器。ウチのヘレンは喉《のど》が弱いんだ」

乾燥するから。

「知らないものがいっぱいありますね。作ったんですか？」

「そうそう。ほとんどヘレンのための道具だな」

俺はあんまり空気とか湿度とか気にしない。

「お好きですねー。ヘレンちゃん、良かったね」

「にゃー」

テーブルの上に座っているヘレンが嬉しそうに一鳴きする。

「手伝ってもらって悪いな」

「いえいえ。それにあまり荷物もなさそうですし、午前中で終わりそうですよ」

まあ、ヘレンがいるとはいえ、基本は一人暮らしだからな。

「助かるわー」

俺達は手分けして荷解きをし、家具なんかを設置していく。そして、あらかた片付いて、最後にキッチンで物を収納していると、チャイムが鳴った。

「んー？　誰か来ましたよ？」

「営業かな？」

知り合いと言えば支部長くらいだが、来そうにない。そうなると新聞かなんかの営業だろう。

この場をエーリカに任せると、玄関に向かい、扉を開ける。すると、大きな三角帽を被った金髪の少女が立っていた。少女は背が高くなく、百五十センチもないだろう。三角帽子のせいで魔女に見えなくもないが、身長的に子供みたいだ。ただ、体つきは大人のものだ。

「誰？」

マジで誰？　営業には見えんぞ。

「変なことを聞くけど、君こそ誰だい？」

人の家を訪ねてきて、そう聞くのは確かに変だ。

「あ、この声はレオノーラさんだ」

キッチンにいたエーリカが玄関にやってくる。

「やあ、エーリカ。ただいま」

「おかえりなさい。戻ってきたんですね」

どうやらこの少女、いや、女性が例のレオノーラらしい。

「うん。朝一の飛空艇で戻ってきたよ」

「終わったんですね〜。あ、こちらは先日赴任されたジークヴァルト・アレクサンダーさんです」

エーリカが俺を紹介してくれる。

「ジークヴァルトだ。ジークでいいぞ」

「どうも。レオノーラ・フォン・レッチェルトだ。ようやく同僚が増えて、嬉しいよ」

「貴族か？」

「勘当されてるけどね」

え？　なんで？

「あ、中に入るか？　ちょうど片付いたところだし、お茶を……」

そう思って腰を浮かしたのだが、それよりも早くエーリカが立ち上がった。

「あ、淹れま〜す」

エーリカが淹れてくれるらしい。

「それはありがたいね。あ、エーリカ、これお土産。お茶請けにでもしてくれ」

レオノーラがエーリカに包装紙に包まれた箱を渡す。

「ありがとうございます」

エーリカがそう言ってキッチンに向かったのでレオノーラを招き入れ、テーブルにつかせた。

「いやー、疲れたよ……おや？　猫がいる」

「そいつは使い魔のヘレンだ」

「こんにちは」

ヘレンが顔を上げ、ぺこりと挨拶をした。

「ふむ……使い魔ということは魔術師かい？」

レオノーラがヘレンを撫でながら聞いてくる。

「そっちの資格があるだけで本業は錬金術師だ。３級になる」

「３級？　それはすごいね……あー、君の師匠ってクラウディア・ツェッテルかい？」

師匠の名だ。

「知ってるのか？」

「まあ、本部長だしね。魔女クラウディアの秘蔵っ子って君のことだろ？」

秘蔵っ子かは知らんが、目にかけてもらったのは確かだ。左遷されたけどな。

「そうかもな。レオノーラは貴族なんだろ？　勘当ってなんでだ？」

「ジーク様、初対面で聞いてはダメです。もうちょっと仲良くなってからの方が……」

それもそうか。

「すまん。聞かなかったことにしてくれ」

「いや、別に隠してもないし、どうでもいいことだよ。単純に親の方針と合わなかったから家出しただけ。私は錬金術の道に進みたかったけど、親はどっか良いところに嫁いでほしかった。でも、それを拒否して家出した。それで勘当されただけさ」

貴族令嬢だとそういうこともあるか。

「なるほどねー。ところで、なんで俺の部屋を訪ねてきたんだ？」

「このアパートは支部の寮だからね。空室のはずの部屋から人の気配がしたから気になったんだよ。最初はエーリカを訪ねたんだけど、いないし、もしかしたらこっちかなと……案の定いたね。彼氏かとも思ったけど……」

「荷解きを手伝ってもらっていただけだ。あいつ、良い奴だから」

仏のエーリカ。

「そうだねー。自慢の子だよ。でも、あげないよ？　彼女は私のメイドさんだから」

「メイドじゃないでーす」

エーリカがコーヒーとお土産のクッキーを持ってきて、レオノーラの隣に座った。

「悪いな。あ、レオノーラもありがとう。頂くわ」

二人に礼を言ってクッキーを摘まむ。

「いえいえ～」

「構わないよ。仕事の方はどんな感じ？　やることある？　ないなら明日も休むけども」

まあ、帰ってきたばかりだしな。暇なら休むか。

「今は役所からの依頼であるレンガ五十個と鉄鉱石をインゴットに変える仕事ですね。あとは軍のヴェーデル大佐から魔剣作成の仕事も頂きましたが、こちらはジークさんです」

「魔剣？　まあ、私達には無理だね。そうなるとレンガとインゴット……ポーションはないの？」

そういやエーリカがレオノーラは薬作りが得意って言ってたな。

「10級ならレンガやインゴットくらい作れるだろ」

「乗り気じゃないけど、人手がないか……でも、インゴットはやったことないよ？」

「誰でも最初は初めてだ。エーリカだって初めてだったが、鉄鉱石を鉄に変える工程まではできている」

それからインゴットに変えるのだ。まあ、鉄をインゴットに変えるのは簡単。その辺の資格なしでもちょっと勉強すればできる。

「ふーん……エーリカ、明日から手伝うよ」

「お願いします」

二人でやれば期日には余裕だろうな。

「ふう……なんかクッキーを食べたら逆にお腹が空《す》いてきたね。よし、ジーク君の歓迎会を兼ねて昼食に行こうか」

レオノーラがそう言って、コーヒーを飲み干す。

「この前やったが？」

「私はやってない。お姉さんが奢《おご》ってあげるから安心しなさい」

お姉さん？　このチビ、何言ってんだ？

「お前、いくつ？」

「二十二歳」

「そういや同い年って聞いたわ」

見えねー。

俺達はその後、家を出て、三人で昼食を食べに行く。食べ終えた後に部屋に戻ってきた俺はアトリエに籠《こも》り、個人的な研究をしていた。まあ、研究といっても、ヘレンのために魚を獲る道具を考えているだけだが。

「釣竿《つりざお》にするか、網にするか……」

当然、網の方が量は獲れる。でも、ヘレンはそんなに食べないだろう。

「網はマズくないですか？　漁師さんに怒られそうです」

漁業権というのがあるのかは知らないが、縄張りはあるだろうしな。

「じゃあ、釣竿だな。エサを改良するか」

「あのー、普通に釣りを楽しんだらどうです？」

「釣りって何が楽しいんだ？　魚を獲る手段の一つだろう。というか、買えばいい」

さすがに魚を買う金はある。

「ん？　じゃあ、買えばいいんじゃないですか？」

「お前に獲れたてを食べさせてやろうと思ってな。生は美味いぞ」

この世界に刺身はないが、前世が日本生まれの俺は刺身も美味いことを知っている。

「ジーク様……でも、海を眺めてゆっくりと過ごすのも一興ですよ？　私、海が好きなんです」

好きなのは魚だろうに。

「じゃあ、普通にして、釣竿だけ作るか」

「それこそ買えばいいんじゃないですか？　売ってると思いますよ」

「そこはまあ、錬金術師だし、自分で用意するもんだろ」

「そうですか……頑張ってください！」

ヘレンが俺の手に身体をこすりつけてくる。魚が嬉しいのだろう。

「よーし、サメかクジラを釣れるようなすごい釣竿を作ってやるからな」

「本当に釣れそうなんで、やめてください」

ヘレンにそう言われたが、大物でも折れないし釣れるような、強度の釣竿を作っていく。そして、夕方になり、ある程度できあがると、チャイムが鳴った。

「んー？」

「エーリカさんじゃないですか？」

「まあ、そうかもな」

ヘレンを抱き抱えて立ち上がり、玄関に向かう。エーリカだろうなと思って扉を開けると、そこには三角帽子を被っていないレオノーラがへらへらと笑いながら立っていた。

「やあ」

「よう。どうした？」

「エーリカに、そろそろ夕食ができそうだから呼んでくれって言われたのさ」

あ、わざわざ呼んでくれたのか。というか、休みの日まで作ってくれるんだ……。

「レオノーラも夕食をご馳走《ちそう》になっているんだっけ？」

「そうだね。まあ、夕食だけじゃなくて全部だけど」

朝食も昼食もか。

俺達は対面のエーリカの家に入ると、エーリカがキッチンで料理を作っていたので、レオノーラと共にテーブルにつく。

「エーリカ、悪いな」

「ありがとうございます」

俺とヘレンは料理をしているエーリカに声をかけた。

「良いんですよー。今日はレオノーラさんが戻ってきましたし、頑張ってパエリアにしました」

へー……海に面した港町だし、魚介かな？

「エーリカは料理が上手なんだよ」

レオノーラがドヤ顔をする。

「知ってる。レオノーラは料理をしないのか？」

「しないねー。まあ、一応は貴族だし、キッチンに入ることすら許されなかったんだよ。でも、家を出て、ここに来てからはしようと思ったんだけど、何からすればいいかわからないからエーリカに聞いたんだ。そしたら教えてくれるって言うから見てたんだけど、気付いたらできあがってたし、その日以降も作ってくれるからそのまま」

なるほど。光景が目に浮かぶな。

「甘えちゃうよな」

「何でもやってくれるからね。私が男だったら嫁にするよ」

確かに良い奥さんにはなりそうだな。

「はいはーい、できましたよ～」

エーリカが魚介類がたくさん入った黄色い米を持ってきてくれた。

「おー、美味しそうだねー」

「良い匂いです！」

「ホントになー」

俺達はエーリカが作ってくれたパエリアを食べていく。感想は美味い、だ。

「エーリカの料理が恋しかったよ……帰ってきたって感じ」

レオノーラがパエリアを食べながら、しみじみと言う。

「二週間ちょっとじゃないですか。あ、どうでした？」

「悪くなかったし、勉強になったよ」

勉強？

「レオノーラは何の出張だったんだ？」

「実地込みの研修だよ。協会が主催する勉強会みたいなものだね」

あー、あれか。しょうもなくて出たことがないやつだ。

「そうか……良かったな」

俺も成長したな。言葉には出さない。

「んー？　まあいいか。それよりもジーク君は私と同い年なんだよね？」

レオノーラは首を傾げつつも聞いてくる。

「そうだな。俺も二十二歳だ」

「だったらアデーレって子を知らない？」

アデーレ……俺が知るアデーレは一人だけだ。

「クラスメイトにいたな。アデーレ・フォン・ヨードル」

俺がこの名前を忘れることはないだろう。

「あー、その子、その子。クラスメイトだったのか……」

うん……クラスメイトだった……。

「あれ？　レオノーラさん、アデーレさんのことを知っているんですか？　ジークさんのご友人ですよ？」

「そうなのかい？　奇遇だね。私の友人でもあるよ」

そうなんだ。

「どういう繋《つな》がりなんだ？　貴族？」

「そうだね。ウチの家とアデーレの家は仲良しだったんだ。町は違うけど、子供の頃はよく遊んだよ。去年、この町にも遊びに来てくれた」

あ、そういえば、アデーレがホテルの優待券をくれる際に友人を訪ねて、このリートの町に行ったことがあるって言ってたわ。レオノーラのことだったんだ。

「世の中狭いな」

「そうだねぇ……ところで、アデーレと友人ってどんな関係？　アデーレに男の友人がいるなんて初めて聞いた。あの子は奥手だからね」

あの人、奥手なの？　めっちゃはっきり物を言うタイプじゃない？　まあ、あんまり会話したことないけど。

「私もちょっと気になってました。文通するくらいですし」

あのやりとりは文通なのか？　いや、文通か。

「さっきも言ったが、クラスメイトだ。三年間同じクラスで実習の班も一緒だった。それでいて就職先も同じ錬金術師協会本部だったわけだ。つまり六、七年間も同じ所属だったわけだな」

あれ？　なんでだろう？　心が痛くなってきた……。

「それは仲が良いだろうね」

「あれ？　でも、ヘレンちゃんとの手紙の返信をどうするのかの会議で、これから仲良くなる予定って言ってませんでした？」

「何それ？」

「さあ？」

レオノーラとエーリカが首を傾げながら俺を見てくる。

「二人共……特にレオノーラ、俺はな、それはそれは人として終わっているんだよ。友達もいないし、人から嫌われている人間だ」

「そうなの？　そうは見えないけど？」

「ですよね。ちょっと偉そうですけど、それは実力も立場も上だからですし、先輩ですから当然です。ジークさんはちゃんと丁寧に教えてくださいますし、良い人だと思います」

とりあえず、人を見る目がないエーリカはスルーしよう。

「俺はアデーレと六、七年間も同じところに所属していた。それに気付いたのが先週なんだよ」

「はい？　何言ってんの？」

「ん～？」

二人が再び、首を傾げた。

「いや、そのまんま。左遷され、飛空艇に乗り込む際に、見送りに来てくれたアデーレに自己紹介されて気付いたんだ。毎日、視界の中に入ってた受付の女が同級生だということにな……」

「……アデーレが可哀想だね」

「あの……よくそれで文通できますね」

二人がちょっと引いている。

「そう思うだろ？　俺は謝罪と優待券の礼を書いてそれで終わりだと思ったのに、返信が来たわけだ。どう思う？　俺は返信なんてないと思っていた。来ても、あんなこちらの状況を聞いてくるような手紙ではないだろうと思っていた」

「うーん……」

「逆にロマンスですかね？」

ロマンス……？

「え？　この話を聞いてそう思うか？」

「思わない」

「まあ……」

なんか怖くなってきたな。

「復讐《ふくしゅう》のためとかじゃないよな？」

「アデーレに何かしたのかい？」

えーっと……。

「してないと思う……そもそも認識すらしてなかったし」

まあ、それが問題なんだけど。

「うーん、復讐とかはないと思うよ。アデーレはそういう子じゃないし」

「ジークさん、手紙は出したんです？」

「出したな」

昨日のうちに出した。

「まあ、その返信を見てから考えた方が良いですよ」

そうするか。

「お前らも見てくれ」

「いや、それはない」

「あまり人の手紙を見せるもんじゃないですよ。内容を聞くくらいならしますけど……」

それもそうか……。

「人間関係って複雑なんだな」

「それはそうでしょ」

「難しいですからね」

世界中の人がエーリカだったら戦争もなくなるんだろうなー……逆に俺だったら数年で滅ぶな。

間違いない。

翌日、休みも終わり、支部に出勤する。二階に上がったのだが、エーリカしかいなかった。

「おはよう。レオノーラは？　まだ来てないのか？」

デスクにつきながら、コーヒーを用意しているエーリカに聞く。

「レオノーラさんは支部長のところです。出張の報告ですね」

「あー、そういうこと」

そういや、そんなのもあったな。

「はい、どうぞ。ジークさんはブラックですよね？」

エーリカがデスクにコーヒーを置いてくれる。

「悪いな」

「いえいえ」

エーリカはレオノーラのデスクにもコーヒーを置き、席につく。すると、三角帽子を被ったレオノーラがやってきた。

「やあ、ジーク君。おはよう」

「おはよう」

「職場に三人もいると良いねー。お、コーヒーだ。エーリカ、ありがとう」

レオノーラがエーリカの対面の自席につく。

「いえいえ」

俺達はコーヒーを一口飲んだ。

「さて、仕事か……エーリカと私で鉄鉱石を鉄に変えればいいんだね？」

「そうだな。エーリカ、教えてやれ」

「え？　私がですか？　ジークさんの方がわかりやすいと思いますけど……」

「インゴット作成はそんなに難しくないし、10級のレオノーラならすぐにできるようになる。それに人に教えるのはかなりの勉強になるんだぞ」

って、師匠が言ってた。本音は俺に弟子を取ってほしかったらしいが、拒否したのだ。当時の俺は足手まといはいらないと思ったのだ。

「わかりました！」

エーリカが立ち上がり、レオノーラのところに行って、鉄鉱石を鉄に変える説明をし始めたので魔剣作成の作業に入る。といっても、やることは二人と変わらずに鉄鉱石を鉄に変える作業だ。まずは鉄鉱石を鉄に変え、その鉄で剣を作る。その後にエンチャントをするのだ。

「――おーい、ちょっといいか？」

俺達が各自の作業をしていると、支部長が二階に上がってきて、声をかけてきた。

「どうしました？」

支部長がこちらにやってきたので聞く。

「今、役所のルーベルトから電話があって、依頼をしたいからちょっと来てほしいってよ」

依頼……。

「内容によりますが、ちょっと厳しいですよ？　エーリカとレオノーラは慣れていないインゴット作成をしていますし、私は大佐からの依頼を受けています」

「それは俺もわかっているんだが、それでも話ぐらいは聞いてこい」

残業かなー？

「あ、だったら私が聞いてきますよ」

エーリカが手を上げた。

「あー、頼むわ。とりあえず、どんな内容かだけを聞いてきてくれ」

エーリカなら大丈夫だろう。

「わかりました。では、行ってきます」

エーリカがそう言って、階段を下りていった。

「相変わらず、よく働く子だねー」

レオノーラが感心する。

「良いことだ。そっちはどうだ？　インゴットは作れそうか？」

「問題ないよ。あまり得意ではないけど、これくらいならできそう」

そうか……まあ、10級だし、それくらいはできるか。

「ジーク、ちょっといいか？」

支部長室に戻らず、まだいる支部長が聞いてくる。

「何でしょう？」

「エスマルヒ少佐の件だ」

あー、例の緊急依頼か。

「どうなりました？」

「大佐から聞いたが、やはり緊急依頼はなかったそうだ。ウチを潰《つぶ》すための嫌がらせだな」

やっぱり嫌がらせか。

「そんなもんでウチが潰れるんです？」

「錬金術師がゼロになれば、さすがに閉鎖だからな。それが狙いだ」

「残っている俺達三人を辞めさせたかったわけですか。それをして少佐にどんなメリットが？」

「さあな。大佐は調査すると言っているが、十中八九、どこかから金をもらったんだろう」

民間の組合だな。ウチが潰れて一番得するのはそこだ。

「まあ、その辺りは大佐に任せます。ウチの領分じゃないですしね」

「そうなるな。まあ、クビか左遷だろう」

左遷されてこの町に来たのにまた左遷か……軍なら次は最前線か、本当に何もない農村だな。

「そうですか。ご愁傷様です。支部長、手を回していただき、ありがとうございます」

さすがは元軍人の貴族だ。

「いや、これくらいしかできんからな。引き続き、頑張ってくれ」

支部長はそう言って、階段を下りていった。

「何かあったのかい？」

事情を知らないレオノーラが聞いてくる。

「緊急依頼と称して無茶な依頼が来てたんだよ。まあ、解決したし、問題ない」

「そうかい……留守ですまなかったね」

「出張なら仕方がないだろう。それよりもこれから頼むぞ。いまだに三人だからな」

「そうだねぇ……ちょっと考えないとね」

ホントだわ。どうしようか。

「レオノーラは来月の試験で９級を受けるのか？」

「どうかなー？　私は自分で言うのもなんだけど、あまり向上心がないからね。こうやって錬金術をやっているだけで楽しいんだ」

家出するくらいに好きだし、今で十分満足なんだろうな。

「悪いが、8級くらいにはなってくれ」

「8級……3級さんは簡単に言うね」

「できない奴には言わん。一度聞いただけでそこまでできるなら、8級くらいはすぐに受かる」

レオノーラはしゃべりながらも、ずーっと鉄の錬成をしている。

「ちゃんと見てるわけだ……君がなんで左遷されたのかがわからないよ」

「今は人間力を上げるために言葉を選ぶようになっただけだ」

「選ばなかったら何て言っていたんだい？」

「たかが8級ごときで何をグダグダ……いや、やめておこう」

言わない方が良いな。

「よくわかったよ。勘当された私が言うのもなんだけど、人間関係は大切にした方が良いよ」

「そうだな……レオノーラ、勉強くらいなら見てやるから頑張ってくれ。エーリカはやる気になってるぞ」

「わかったよ。じゃあ、来月に9級を受けてみる。今からだと微妙だけどね」

みっちり教えてやるか。三ヶ月も待ってられない。

レオノーラと話をしながら錬成をしていると、エーリカが戻ってきた。

「ただいま～」

エーリカが席につく。

「おかえり、エーリカ」

「おかえり。どうだった？」

「うーん、ちょっとご相談ですね。緊急依頼です」

は？

「緊急？　また？」

「今度は本当に緊急みたいですね。マナポーションを五十個です」

マナポーションは魔力を回復できるポーションだ。普通のポーションよりも高い。

「なんで役所がマナポーションなんて注文するんだ？　軍や魔術師協会ならわかるんだけど」

役所にマナポーションなんかいらんだろ。

「実は今度、この町の魔法学校と隣の町の魔法学校との合同演習があるそうなんですけど、そこでマナポーションが必要らしいんです。でも、発注をミスというか、連絡ミスで発注自体をしてなかったらしく、急遽《きゅうきょ》、依頼を出すことにしたみたいです」

ひどいミスだな。

「確かに緊急だな。期限は？」

「できたら十日。最悪でも二十日以内だそうです」

「依頼料は？」

「二十日の場合は五十個で二百万エルだそうです。十日の場合は三百万エルに増やしてくれるそうですね。あと、品質はＥランクあればいいそうです」

高いな……マナポーションの相場はＥランクなら一個二万エル程度だから五十個で百万エルだろ

う。二十日で倍、さらには納期を短くすればボーナスか。

「マナポーションねー。今の支部の現状を考えると受けた方が良いんだが……どうだろ？」

「私は良いと思うよ。マナポーションなら作れる」

レオノーラはポーション作りが得意って言ってたしな。

「それとなんですけど……実は注意事項があります」

エーリカがおずおずと告げる。

「何だ？」

「実はこの依頼って最初に民間に発注したものらしいです。それがマナポーション三百個です」

支部より民間に頼ったわけか。よく考えたら何百人も生徒がいるのに合同演習でマナポーション五十個は少ないわな。

「支部より民間頼りか……悲しいな。それで？　五十個はお情けか？」

「いえ、民間が二百五十個しか納品できなかったそうです」

ん？

「なんで？」

「市場にマナポーションの材料の一つである魔力草がなくなったらしいんです」

「なくなった？　あー……二百五十個で尽きたわけか」

「はい。次の入荷までに間に合いそうにない感じですね」

つまり今から市場に行っても肝心の材料がないわけだ。

「なるほど。民間は儲《もう》けで動くからな。冒険者なんかに採取依頼を出しても期限的に割高になるし、割に合わないと踏んだわけだ」

「だと思います。それで困って、ウチに依頼をしたいって感じですね」

確かにウチは営利組織ではないが、それでも赤字は避けたいんだがな。

「だったら最初からウチに依頼しろよ。どうせ非効率にマナを抽出してロクな仕事をしなかったんだろ？　じゃないとたかがEランクのマナポーション二百五十個程度で魔力草が市場から消えんわ。これだから質の低い民間の連中は……」

迷惑をかけんなよ。

「ジーク様、お言葉を……」

ヘレンが注意してくれる。

「そうだったな。まあいい。どうする？」

二人に聞いてみる。

「私は何とも……マナポーションを作ったことがないですし」

「そもそも材料がないとどうしようもないよ？　ウチが赤字を出してまでやる義理はないし、断るか金額を上げてもらって、冒険者に緊急の採取依頼を出すかだね」

まあ、それが確実だが。

「冒険者ギルドはぼってくるぞ？」

絶対に足元を見て、高額の依頼料になる。

「だろうね。だから役所もこっちに投げたんだろう。私は断っても良いと思うよ」

俺も断っても良いと思う。しかし、これはチャンスでもある。

「受けた方が下がりきっているウチの評判は上がるんだよな……」

こういう緊急依頼が支部に来ず、最初から高額の民間に行く時点でウチの評判は最悪なんだろう。

これを少しずつでも元に戻したい。

「それはわかりますが、赤字はさすがにマズいですよ？」

「そうだね。赤字はマズい。とはいえ、役所が金額を上げてくれるかっていったら微妙だね。最初に民間に出しているから、予算を結構使っている」

だろうなー。

「今の金額で赤字を出さないようにするか」

「え？　できるんです？」

「どうやって？」

二人が聞いてくる。

「俺達で材料を採りに行けばいい」

「え？　森に行くんですか？　魔物が出ますよ？」

エーリカがちょっと身をすくめる。

「言っておくけど、私は戦闘なんてできないよ？　五十メートル走を十五秒だからね」

「あ、私は十二秒です」

おっそ……こいつら、見た目通りに運動ができないんだな。まあ、錬金術師に限らず、魔法使いなんてそんなものだけど。

「魔力草ならそこまで奥に行かなくてもいいだろう。安心しろ。俺は５級の魔術師だ」

「おー！　そうでした！」

「すごいねー。頼りになる」

ははは。実戦経験ゼロだがな。

「お前ら、採取はできるな？」

「学校で習いました」

「私も習ったね。実際に森でやったことないけど」

俺もない。王都近くの草原だった。

「品質がEランクでいいなら、そこまで正確にやらなくてもいい。やるぞ」

「「おー」」

まあ、何とかなるだろう。

「じゃあ、エーリカ。ルーベルトに依頼を受ける旨を伝えてくれ」

「わかりました。あ、ちょっと家に戻って準備をしてきます」

「あ、私もだ」

まあ、準備はいるか。

「わかった。待ってるから準備してこい。あ、ゆっくりでいいぞ」

「わかりました～」

「急ぐよ」

二人はそう言って立ち上がり、階段を下りていく。

「俺も気遣いができるようになったな」

今までなら五分以内に用意しろって言ってた。

「素晴らしいですね。気遣いができるジーク様はもはや死角がないですね」

性格以外は天才だからな。

俺とヘレンはエーリカとレオノーラの準備を待つことにし、やることがないなーと思いながらぼーっとしていた。

「チッ……おっせーな」

「ジーク様ぁ……まだ六分ですよぉ……」

ヘレンが悲しそうな声をあげた。

「わ、わかってるよ。待てばいいんだろ。女の準備に時間がかかることは承知してる」

かつての同僚もクラスメイトも女性が多かったし、同門には姉弟子や妹弟子もいるからわかっている。

「絶対にそんな態度を見せてはいけませんよ。おおらかです。エーリカさんのようにおおらかになりましょう」

それもそうだな……以前の激務だった王都生活とは違い、余裕は十分にある。

「よし」

俺は心を入れ替え、ヘレンを撫《な》でながら待つことにした。すると、すぐに二人が戻ってくる。

「すみません。お待たせしました」

「武器なんて全然使わないから探したよー」

二人は服装なんかは変わっていないが、装飾のついた長い杖《つえ》を持っていた。

「あー、杖か」

錬金術師も一応は魔法使いなので杖を持っているのだ。とはいえ、二人が持っている杖は見るからに新品であり、絶対に使ったことがないと思われる。

「ないよりマシでしょ」

「剣や槍《やり》なんて触ったこともないですしね～」

まあ、デスクワークだから仕方がないが、非常に弱そうだ。実際、弱いんだろうけど。

「お前ら、絶対に俺より前に出るなよ」

「はーい」

「頼もしい。王子様だね」

いやー……その王子様も戦闘は微妙なんだけどな。

「よし、行くか」

「「おー」」

俺達は一階に下り、支部を出た。

「森はどっちだ？」

「東門だからあっちですね」

エーリカが左方向を指差したので歩いていく。そのまましばらく歩いていくと、高い壁と共に大きな門が見えてきた。

「あれか？」

「はい。あれが東門です。あそこを出て、少ししたら森ですね」

「行ったことは?」

「学生時代に実習で行きましたね。もちろん、護衛の方がいました」

だろうな。兵士か雇った冒険者がつくだろう。

俺達はそのまま歩いていき、門に近づく。

「ちょっと待て」

門を抜けようと思ったら、門番の兵士が止めてきた。

「何でしょう?」

「い、いや……」

兵士は俺を見た後にエーリカをじーっと見る。そして、さらにはレオノーラを頭の三角帽子から身体を見て、足元を見た。なんか嫌な気持ちになるな。

「二人が何か?」

あまり女性の身体をまじまじと見るものじゃないぞ。

「君達は錬金術師協会の人間かい?」

「そうですね。三人共、リート支部の錬金術師です」

「そうか……森に行くのか? そんな格好で?」

そう言われて、エーリカとレオノーラを見る。二人共、いつもの格好だし、当然、防具なんてない。というか、よく見たらレオノーラに至ってはサンダルだ。そりゃ門番も止めるわ。

「森の奥に行くわけではなく、浅いところで採取です。私は5級の魔術師資格を持っていますし、大丈夫です」

そう言って、国家魔術師資格であるフクロウの彫刻が施された銀色のネックレスを見せた。

「ほう……なら大丈夫、か……？　あまり無茶はしないでくれよ。魔法使いは国の宝だ」

「わかってます。行くぞ」

「はーい」

「うん」

俺達は門を抜け、先に見える森を目指して歩いていく。

「何かマズかったですかね？」

エーリカが聞いてくる。

「森に行く格好ではなかったな」

「特に私だろうね」

門番はエーリカよりもレオノーラを見ていた。まあ、レオノーラは背が低い上にサンダルだからなー。心配もする。

「仕方がないだろう。さっさと採取して帰るぞ」

そのまま歩いていくと、森の前まで来たので立ち止まる。

「一応聞くけど、魔力草の見分け方はわかるな？」

魔力草という名の草はない。魔力を帯びている植物のことを魔力草と呼んでいるのだ。だから魔力草の採取は魔法使いじゃないと見極めが難しい。

「授業で習ったから大丈夫です」

「さすがにその辺はわかるよ」

10級の資格があればわかるか。

「じゃあ、採取を頼む。俺は見張りをする」

「お願いします」

「さすがに死にたくないから頼むよ」

俺達は森の中に入ると、浅いところで採取を始めた。エーリカとレオノーラは腰を下ろし、草を見分けながら魔力草を探している。

「これかな？　えーっと、根を傷付けないようにっと……」

「難しいですね……」

慣れていないんだろうな。まあ、俺も魔法学校の実習以来、やっていない。

「適当でいいぞ。依頼はEランク程度だし、俺が魔力を抽出するから多少、質が落ちても問題ない。それよりもスピードを重視してくれ。何度も来たくない」

「わかったよ」

「了解です」

二人はちょっと粗めに魔力草を採取していった。

「こうやって見張っていると、女子供に働かせて、自分だけサボる悪い男に見えないか？」

ヘレンに聞いてみる。

「すみません。めちゃくちゃ見えます」

やっぱり……。

「その辺は気にしなくていいから、見張りに集中してくれたまえ。何度も言うけど、私は五十メートルを十五秒だから、魔物に遭遇したら逃げられないんだ」

「あ、私も十二秒です」

ホント、おせーなー……サンダルのレオノーラはさらに遅いんだろうな。

「わかってるよ」

「私も見張っていましょう」

俺はヘレンと共に周囲を見渡しながら見張りを続ける。その間もエーリカとレオノーラはせっせと魔力草を採取し、カバンに入れていった。

「腰が痛いよぅ」

「腕が痛いですね～」

二人が不満を漏らし出した。

「そういうこと言うな。立ってるだけの俺が罪悪感を覚えるだろ」

「ジーク様、言葉を選んでください」

「えーっと……頑張れ」

他に言いようがない。

「亭主関白な夫に嫁いじゃったねー」

「我慢ですよ」

なんか遊び出したし……。

「俺に嫁ぐとロクなことないぞ。きっとストレスで胃に穴が……ん？」

何かが引っかかり、森の奥の方を見る。

「どうしたんだい、旦那様《だんな》？」

「どうかしました？」

そう聞いてきた二人を手で制した。そして、魔力を探ってみる。

「何かいるな……」

「え？」

「ひえ！」

二人は慌てて立ち上がると、俺の背に回った。

「ジーク様、これはオークです」

オーク……巨大な二足歩行の豚だ。

「ジークさん、お願いします」

「君が負けたら全員死亡確定だから頼むよ」

責任重大だな……。

そのまま二人を庇《かば》いながら待っていると、木々の間からゆうに二メートルは超える巨大なオークが現れ、十メートルほど先で立ち止まった。オークは鼻をひくつかせながら俺達を見ており、完全にロックオンしている。すると、後ろの二人が俺の服を掴《つか》んできた。非常に邪魔となる行為だが、どうせロクに動けないので問題ない。というか、動いたら逃げられない二人が死ぬ。

「ジーク様、一撃で仕留めてください」

「わかっている」

ヘレンの言葉に頷《うなず》くと同時に、オークが俺達に向かって突っ込んできた。

「食らえ！」

空間魔法から魔導銃を取り出すと、オークの足を狙い、撃つ。すると、銃口からレーザーのような白い光線が飛び出し、一瞬でオークの足を打ち抜いた。オークは体勢を崩したものの、それでもまだ突っ込んできている。

「エアリアルドライブ！」

今度はスピードが落ちているオークを狙い、風魔法を使った。すると、足元から竜巻が起き、オークを切り刻んでいく。そして、その場には四肢がバラバラになったショッキングなオークが残された。

「こわっ！」

というか、気持ちわるっ！

「いや、ジーク様がやったんじゃないですか」

「人どころか魔物相手に使ったのも初めてだからな」

「そういえば、そうですね」

こんなに威力があるんだな……。

「え？　ジークさん、5級じゃないんですか？」

エーリカが聞いてくる。

「5級だぞ。でも、実戦は今日が初めてだ」

そもそも町の外に出ることなんてないし。

「……え？　初めて？」

「そういうのは最初に言ってほしかったよ。予想以上にピンチだったわけだ。元軍人の支部長につき添ってもらえば良かったね」

え？　そうか、支部長を頼れば良かったのか。誰かを頼るという発想がなかった……。

「大丈夫だって。さっさと残りの魔力草も回収してくれ」

「わかりました」

「早くしようか」

エーリカとレオノーラが採取に戻ったので俺とヘレンも見張りに戻り、しばらくすると、エーリカとレオノーラが立ち上がった。

「終わったー……」

「腰にくるねー……」

エーリカが両腕を上げ、身体を伸ばし、レオノーラが腰をとんとんと叩《たた》く。

「お疲れ。帰ろうか」

「そうしましょう」

「あー、お風呂《ふろ》に入りたい」

疲れただろうしなー。

「帰ったら入ってこい。職務時間中だが、問題ない」

気遣い、気遣い。

「ありがとうございます！」

「ジーク君は良い人だなー。亭主関白じゃなかったね」

「はいはい。じゃあ、帰ろう」

俺達はさっさと森を出ると、門を目指して歩いていった。

「ジーク君、さっきの魔法は何だい？」

歩いていると、レオノーラが聞いてくる。

「魔法？　エアリアルドライブか？　あれは中級風魔法だな」

なお、映像がショッキングなので封印することにした。

「そっちじゃなくてオークの足を撃ち抜いた方」

「あ、私もそれが気になりました。何ですか、あれ？」

エーリカも気になったらしい。まあ、この世界には銃はないからな。

「あれは魔法というよりも魔道具だな。昔、まだロクに魔法が使えなかった時に、護身用として作ったんだ。魔力を込めればレーザーが発射されるという画期的な武器だな」

つまり弾が要らないわけだ。無限弾ができたとテンションが上がった。

「何それ？　見せて、見せて」

「ほれ」

レオノーラが袖《そで》を引っ張ってきたので魔導銃を取り出し、渡した。

「ほー……」

レオノーラがまじまじと観察する。

「人に向けるなよ。事故ると死ぬぞ」

「これ、私でも使えるのかい？」

「魔力を込めるだけだからな。攻撃魔法を使えない錬金術師でも使える」

すごかろう？

「へー……なんかすごいね。軍にでも売りなよ。それで一財産が築けるでしょ」

「死の商人はごめんだ。俺が作ったものでたくさんの人が死ぬことになるんだぞ」

冗談じゃないわ。

「確かにね。これがあれば私達でも攻撃魔法を使えるようになるだろう。これはちょっとマズいねー。何がマズいって下手をすると、私達まで実戦投入の可能性が出てくる」

「えー……そういうのが嫌で錬金術師になったのに、嫌ですよ～」

俺も嫌だわ。だから魔術師資格も5級で止めているのだ。3級まで余裕で取れるだろうが、それをすると、魔術師の道に行けって言われそうだもん。

「これは個人で使うやつだ。この魔導銃のことは誰にも言うんじゃないぞ」

「絶対に言わないよ」

「言えませんよね～」

こいつらは大丈夫だろう。自分達の立場も危うくなるし、何よりもこいつらは信用できる。

「ん？」

確かにわかりやすい二人ではあるが、信用、か……。

「どうしたの？」

「何か気になることでもありました？　もしかして、また魔物ですか？」

二人が首を傾げながら見てくる。

「いや、なんでもない」

他人を信用できると思ったのがおかしかっただけだ。

俺達は町まで戻ると、門を抜け、支部に戻った。

「いやー、疲れたねー。久しぶりに身体を動かしたよ」

「デスクワークですから全然、動かすことがないですもんね」

人のことを言えないけど、不健康だわ。

「お前ら、風呂に入ってこいよ。俺はマナを抽出しとくから」

「本当にいいのかい？」

「というか、ジークさんは汗を流さないんですか？」

汗と言われてもな……。

「いや、俺は立ってただけだし……気にせずに行ってこい。あ、カバンをくれ」

「はい、どうぞ。じゃあ、行ってきます」

「悪いねー」

二人がカバンを俺のデスクに置き家に戻っていったので、カバンから魔力草を取り出し、マナを抽出する作業に入ることにした。

「さてと……」

一つの魔力草を手に取り、小瓶の中に入れる。そして、錬成すると、赤い液体に変わった。これがマナの原液であり、ここから不純物を取り除く。それに薬草で作った通常のポーションを混ぜればマナポーションができる。

「あれ？　薬草の在庫ってあるのか？」

「さあ？　確認してみましょう」

ヘレンと共に階段を上がり、倉庫に行く。相変わらず空きが多く、ロクに物がなかったが、棚を見ていく。

「うーん……」

「ありますー？」

「あー、乾燥したやつがあるわ」

棚には日を持たせるために乾燥させた薬草の束があった。

「乾燥しても大丈夫なんですか？」

「ちょっと質が落ちるけど、Eランクなら問題ないだろう」

薬草を手に取り、二階に戻る。そして、席につくと、魔力草からマナを抽出する作業に戻った。

時折り、ヘレンを撫《な》でながら作業を続けていると、エーリカとレオノーラが戻ってくる。

「いやー、さっぱりしましたね～」

「足と腰が痛いけどね」

二人はそう言いながら席についた。

「エーリカ、三階にあった乾燥した薬草を使ってもいいか？」

「あ、どうぞ。この前のポーション作りの依頼の残りですんで」

俺が赴任してきた時にエーリカがやっていたやつか。

「ジーク君、マナポーション作りだけど、どう分担する？」

レオノーラが聞いてくる。

「レオノーラはマナポーションを作れるんだよな？」

「そっちが好きでこの世界に入ったからね。得意だよ」

そうなると……他の依頼もあるし、速度を優先した方が良さそうだな。

「俺が魔力草からマナを抽出するから、エーリカは乾燥薬草でポーションを作ってくれ。レオノーラはそれらの材料でマナポーションだ」

「わかりました～」

「作業を分担するわけだね。了解」

俺達は役割分担を決めたのでそれぞれの作業に入り、進めていく。そして、四個目の魔力草からマナを抽出し終え、レオノーラのデスクに置くと、レオノーラが呆《あき》れたような顔で見上げてきた。

「ジーク君さー……君、いくらなんでも錬成が速すぎない？」

「このくらいは普通だ」

「いや、絶対に普通じゃないでしょ。しかも、何これ？　私達があんなに雑に採取した魔力草からこんな純度の良いマナを抽出できるのか？　これ、Cランクはあるよ」

ほう……レオノーラは鑑定もできるのか。資格を取らせよう。

「俺は3級だ」

「3級ってここまでできるのか？」

どうだろ？　多分、このスピードを維持してこの精度は無理な気がするな。

「俺は実務経験がないだけで今すぐに1級を受けても受かる。この国に俺以上の錬金術師はおらんからな」

少なくとも、会ったことがある奴ではいなかった。

「すごい自信……もはや嫌味を通り越してかっこよく見えるね」

「すごいですよね～」

善度百パーセントのエーリカがうんうんと頷《うなず》く。

「お前らもこのレベルとは言わんが十分に素質はあるから、もっとできるようになるぞ。9級、8級なんてすぐだ」

「やってみるよ、師匠」

「頑張ります、師匠！」

今度は師匠になったし……まあ、亭主関白の旦那《だんな》様よりかはいいか。

俺達は手分けをして、作業を続けていく。

「師匠ー、こんなもんかなー？」

レオノーラが完成したマナポーションを見せてくる。

「いいぞ」

視線を魔力草に向けたまま答える。

「見てよー」

レオノーラの方を向かずに答えたのが良くなかったらしい。

「ちゃんとお前らの錬成は横目で過程を見ているから問題ない。お前はポーション作りが得意と言うだけあって、速いし、質が良いものを作れている」

インゴットよりこっちの方が向いている。エーリカとは逆だ。

「おー、さすがは師匠！　ちゃんと見てくれてるんだね」

師匠ねー……。さっきは冗談かと思ったが、何度も言われたし、言っておくか……。

「俺の弟子はやめとけ」

「なんで？」

「なんでです？」

二人が聞いてくる。

「師弟関係なんて面倒なだけだぞ？　基本的に師匠の言うことが絶対だし、パワハラの連続だ」

まあ、その分、師匠は弟子の面倒を見ないといけないが。

「君も師匠がいるよね？　そんな感じだったの？」

「あー、ウチはちょっと特殊だな。俺の師匠はお前らも知っての通り、錬金術師のトップである本部長なんだが、俺は孤児であの人に拾ってもらったから、後見人で親代わりなんだ。それでいて、上司だろ？　師弟関係以前に上下関係がはっきりしている」

生活の面倒も見てもらったし、ベステ魔法学校に入学する時も本部に就職する時も推薦してくれた。自他共に認める他人を見下す俺だが、さすがに本部長には頭が上がらない。絶対に俺の方が優秀だけどな。

「へー……パワハラとかあった？」

「どうだろ？　あったような気もするな」

あの人はあの人で性格があまり良くないし、無茶ぶりも多かったと思う。全部、軽くこなしてやったがな。

「ジーク君も師匠になったら、そういうパワハラをするのかい？」

「せんな。無駄なことはしない。他所の師弟を見たことがあるが、意味のない指示ばかりだった。あれでは弟子が育たない」

しょうもないことで師匠に怒鳴られている弟子を見て、もっと実践的なことを教えてやればいいのにって思っていた。

「じゃあ、いいじゃん」

「ジークさん、優しいですしね」

エーリカの人を見る目のなさはすごいな。

「うーんまあ、やることは変わらんか……」

どっちにしろ、ほぼ新米のこの二人の成長も支部の立て直しには必須《ひっす》なことだった。教えられる人間が俺しかいないし、師弟だろうと仕事仲間だろうと同じことだ。

「じゃあ、師匠だ」

「ですね～」

そうなるのかな？

「なんでそんなに師匠が欲しいんだ？」

「好きで錬金術師になったんだし、上手になりたいと思うのは普通でしょ。ジーク君って世界一の錬金術師だし、師事したいって思うよ」

「ですねー。それに支部を良くして、町に貢献したいんです」

眩《まぶ》しいなー……出世や金のため以外にも、そういうモチベーションがあるんだな。

「ふーん、じゃあいいか」

となると、本格的にこいつらの成長を考えないとな。それと共に言葉に気を付けないといけないだろう。俺は自分で自分のことを指導者に向いているとは思っていない。それでもやらないといけない状況ではあるし、俺自身も人間関係について、さらに勉強しないといけないだろう。


マナポーション作りを始めて二日が経った。エーリカとレオノーラはせっせとマナポーションを作っているが、俺は昨日ですべての魔力草からマナを抽出し終えたので、今日からは魔剣作りに入る。本当は二人を手伝った方が良いのだろうが、二人の成長のために任せることにしたのだ。

「朝は眠いなー」

「そういうもんですよ」

朝起きて、準備をすると、ヘレンと共に支部に向かった。そして、三十秒で到着し、二階に上がる。すると、エーリカとレオノーラはすでに来ており、錬金術の本を読んで勉強していた。

「おはよう」

近づくと、挨拶《あいさつ》をする。とても大事なことだ。

「おはよー」

「おはようございます」

二人が顔を上げた。

「ん？」

俺のデスクの上に薄いピンクの封筒が置いてある。

「アデーレさんからですよ～」

アデーレ……相変わらず、返信が早いな。

「読んでみるか……」

まだ就業開始までは時間があるので席につくと、封筒を開け、手紙を読み始めた。

【親愛なるジーク様へ　返信、ありがとうございます。特にトラブルなくお仕事をしているようで良かったです。こちらもいつものように仕事を頑張っていますし、違う地にはいますが、お互い頑張っていきましょう。

先日、友人とレストランに行きました。ちょっと値が張りましたが、たまの贅沢《ぜいたく》と思って行ってみました。季節を感じられる料理で大変良かったです。また、流行りの喫茶店にも行きましたが、ケーキも美味しかったですし、紅茶の香りも良かったです。昨年、リートに行った際には豊富な食を堪能できましたし、ジークさんもたまには食に目を向け、楽しんではいかがでしょうか？　それでは、季節の変わり目で体調を崩しやすいですので、お体を大切にしてお過ごしください】

「……ふーん」

「何て書いてあります？」

ヘレンが聞いてくる。

「世間話だな」

「そうですか……仕事のことは？　お聞きしましたよね？」

「いつものように頑張っていますって書いてあるだけだな」

愚痴が書いてあるかと思ったが、全然書いてない。

「ん？　それだけですか？」

「ああ。あとは世間話だ。しかも、今回は質問がない」

これはもう返信がいらないのかもしれない。

「なんか怒らせましたかね？」

「なんでだよ。怒らせるようなことは書いていないだろ」

ちゃんと考えて書いたわ。

「うーん、どうですかねー？　返信はどうされます？」

「いらんだろ。あとは季節ごとに見舞いの手紙でも書く程度だな」

それで十分。

「えー……エーリカさん、どう思います？」

ヘレンがエーリカに聞く。

「うーん、私はアデーレさんを知らないからなー……まあ、ジークさんの言うように季節ごとに手紙を出す程度で良いとは思うよ。レオノーラさんはどう思います？」

「私もそれで良いと思うよ。確認だけど、ロマンスはなかったんでしょ？」

レオノーラが聞いてくる。

「ないな。この前も言ったが、友人かどうかも怪しいレベルだ」

「じゃあ、いいんじゃないか？　気になるなら電話でもしてみたら？」

「いや、それはいいや」

電話はちょっとハードルが高い。正直、地雷が多すぎるアデーレと何を話せばいいのかわからないし。俺のせいだけど。

「アデーレさんは絶対にジーク様に好意があると思ったんですけどね～」

ねーよ。もし、あったら、心配になるくらい男を見る目がないわ。

「ひとまず、アデーレはいい。仕事をしよう」

「そうだね。緊急依頼だし、そっちが優先」

「頑張りましょう」

俺達は就業時間になったので仕事を始めた。この日も延々とそれぞれの作業を続けていく。そして、夕方になり、終業時間になった。

「今日はここまでだな。お前らはどんな感じだ？」

「このままのペースで行けば、ボーナスが出る十日以内に終わりそうだね」

「そうですね。ジークさんがマナを抽出してくださいましたし、レオノーラさんと手分けをすれば十分に間に合うと思います」

良い感じだな。

「じゃあ、今日は終わりにして、帰ろうか」

「そうだね。お腹が空《す》いたよ」

「ですね～」

俺達は片付けをし、支部を出ると、三十秒で寮のアパートに到着する。

「ホント、早くていいわ」

「業務の途中でシャワーに行けるレベルだからね」

確かに。

「二人共、三十分後に来てくださいね」

「わかった」

「いつもすまないねー」

俺達は一度、解散し、各自の部屋に入った。

◆◇◆

私はエーリカに言われた三十分より少し早いが、エーリカの部屋にやってきた。

「やほー」

「あ、レオノーラさん、いらっしゃい」

エーリカはキッチンにおり、いつもの笑顔で応対してくれる。

「いやー、君らは一階で良いねー。ウチは二階だから大変だよ」

まだ足がちょっと痛いのだ。

「大変ですね。まあ、私も支部の二階に上がる時にちょっと辛いですけど」

辛いよねー。一階にしてほしいよ。

「お互いに完全に運動不足だね」

「職場が近いのは良いんですけど、まったく動かなくなりましたしね。運動でもしますか？」

「運動……嫌いだなー」

「まあ、私も好きではありませんね」

とはいえ、ストレッチくらいはしようかなと思いつつ、テーブルについた。そして、いまだにちょっと痛い太ももをマッサージする。

「ジーク君は？」

「まだですよ。ジークさんは三十分と言ったら、本当に三十分ぴったりに来られますから」

それはエーリカもだけどね。本当に真面目な子達だよ。

「エーリカ、ジーク君はどう？」

「どうとは？」

エーリカが振り向いて首を傾げる。

「いや、私は出張してたからさ。どんな子なのかなって？」

「あのまんまですよ。こっちに赴任されてきてからずっとあの感じです。大佐相手に啖呵《たんか》を切ったのはびっくりですけど」

大佐って……軍のトップだから、リート全体でもかなり上の方の権力を持つ相手だよ。

「何があったの？」

「ジークさんが言うにはですけど、少佐から嫌がらせの依頼があったんです。それをこなした後に大佐から例の魔剣の依頼をもらったんです。その際にジークさんは大佐から王都でも指折りの実力と褒められたんですよ」

へー……大佐までもがそこまで評価しているんだ。これは王都でも相当有名だな。

「それでなんで啖呵を切るのさ？」

　啖呵を切るところじゃなくないか？

「自分に並ぶ者が他に四人もいるってバカにされたと思ったそうです」

　すごっ……自信満々な男なら何人も見てきたけど、そこまで来るとまるで人間が違う。この前も自分は国一番って言ってたけど、本気でそう思っている上に大佐相手にもそれを言うのか……。

「さすがはツェッテル一門のトップだよ」

「私、その辺に詳しくないんですけど、すごいんですか？」

「クラウディア・ツェッテルがウチで一番偉いのは知ってるでしょ？」

　錬金術師協会本部の本部長だ。

「それはもちろん知っています。お名前だけですけど……」

　まあ、会うことなんてないしね。私も名前だけ。

「本部長は若い頃から天才と呼ばれ、あっという間に資格を取って出世していったんだよ。それで今の地位にいるんだけど、何人かの弟子がいる。その弟子達も優秀なんだけど、その中でも特に目をかけているると言われるのがジーク君だよ。まあ、才能は見ての通り。すごいよね」

　何あれ？　錬成のスピードが異次元だ。それにあの魔導銃はちょっと人が作り出せるものなのかと疑問を呈したい。

「すごい方なんですね～」

　軽いな、この子。もしかして、よくわかっていないのかもしれない。

「そうだね。エーリカもその一門だけど」

「あれ？　そうなるんです？」

「まあ、ジーク君の弟子だし」

私もだけど。

「不相応では？」

「そこを気にしたらダメだよ」

私もちょっと感じているもん。それほどまでにジーク君と私達には差がある。

「それもそうですね。ジークさんって他所に行くと思います？」

他所？

「どういうこと？」

「前にちょっと支部長さんと話をしたんですけど、ジークさんってあれほど優秀ですし、人間的にも素晴らしい方じゃないですか？」

うーん……まあ、素晴らしいかどうかは置いておいても、良い子だとは思うかな。

「そうだね」

話が進まないから肯定。

「となると、他所の町の支部が放っておきますかね？」

あー、そういうこと。

「ジーク君が引き抜かれそうになったら泣きつきなよ。弟子を捨てるのかーって」

彼女のように。

「それで上手くいきます？　というか、せっかくの機会を引き留めるのはちょっと……」

「まあね……」

昨年、同じことがあった。先輩達を引き留めたいと思ったし、行ってほしくなかったが、先輩達にも生活がある。それにより良い職場を選ぶ権利があるのだ。それを私達の勝手で止めることはできなかった。

「これぱっかりはね。一番はこの町に永住してもらうことだよ」

「確かにそれが一番ですけど、してもらえますかね？」

「良い町だから大丈夫だよ。確実な方法を教えてあげようか？　エーリカがジーク君と結婚すればいいんだよ」

それですべてが上手くいく。

「あれ？　私ってレオノーラさんの奥様じゃなかったでしたっけ？」

「大丈夫。その時はセット売りするから」

「何ですか、それ……ん～？」

エーリカは苦笑いを浮かべていたが、すぐに目線を上げ、考え出した。

「どうしたの？」

まんざらでもない？

「エーリカ・アレクサンダーってかっこよくないです？　強そうです」

そこ？

◆◇◆

俺は一息つくと、すぐに三十分が経過したため、エーリカの部屋に向かう。すると、すでにレオノーラがテーブルについていた。レオノーラはいつもの三角帽子を被っておらず、太ももをマッサージしている。

「そんなに痛いのか？」

レオノーラの対面に座りながら聞く。

「やっぱり運動不足だよ。通勤時間が短いのはいいけど、その分、歩かないしね」

確かにそうだな。仕事もほぼデスクワークだし、まったくと言っていいほど歩いていない。

「よし、ビタミン剤をやろう」

そう言って、錠剤をテーブルに置く。

「何それ？　薬？」

「サプリメントだ。俺は不足する栄養をこれで補っている。このビタミンは疲労回復なんかを助ける役割があるんだ」

「へー……君って、昼間の魔導銃とやらもだけど、色々作っているんだね」

レオノーラはそう言いながらビタミン剤を手に取り、お茶で飲んだ。

「まあな。あ、エーリカ、これやる」

空間魔法からミキサーを取り出し、テーブルに置く。すると、キッチンにいるエーリカがこちらにやってきた。

「これ、何ですか？」

「前に言っていたミキサー。ヘレンがかぼちゃのスープを飲みたいって言ってるから作れ」

断ることは許されない。

「かぼちゃはあるけど……ジークさんってヘレンちゃんが最優先なんですね」

「こんなに可愛いんだから、仕方がないだろ」

朝になるとにゃー、にゃーと起こしてくれるんだぞ。

「まあ……これ、どうやって使うんです？」

エーリカがちょっと呆《あき》れながらもミキサーを手に取った。

「あ、教えます」

ヘレンがエーリカの身体を器用に登っていき、肩にとまると、エーリカはそのままキッチンに戻っていく。

「可愛い猫ちゃんだねー」

「だろう？」

「うん。ところで、ビタミン剤とやらを飲んだけど、痛みが治まらないんだけど？」

そりゃそうだろ。

「痛み止めじゃなくて、栄養剤だぞ。翌日に効くんだよ。痛みを止めたいならポーションを飲め」

「そうなんだ。役に立つのかね？」

「栄養バランスは大事だぞ。若いうちはいいが、将来、肌が荒れたり、太っても知らんぞ。俺達はストレスばっかりのデスクワークだからヤバい」

「ふーん……」

エーリカを待っていると、料理が完成し、皆で食べる。もちろん、かぼちゃのスープもあり、ヘレンが美味しそうに飲んでいた。そして、レオノーラと共にエーリカもサプリメントを要求してきたので渡した。どうやら話を聞いていたらしい。怖いからいらないって言ってたくせに……。

夕食を終えると、自分の部屋には戻らずに二人の勉強を見ていく。二人共、経験がないだけで地頭自体は悪くない。だが、どうしても得意不得意がはっきりしているため、弱点を重点的に教えていった。そして、勉強時間も終わったのでエーリカが淹れてくれたお茶を飲み、一息つく。

「私はギリだね……」

レオノーラが閉じた参考書を眺めながら首を傾げた。

「大丈夫、大丈夫。お前なら受かる」

「その期待は何？　落ちたらとんでもない軽蔑《けいべつ》しきった目で見てきそうだよ」

そうしないように気を付けるわ。

「受かるように勉強しろ。いつでも見てやるし、教えてやる」

やることないし。

「ありがとう、師匠。頑張るよ」

「ありがとうございます」

勉強は裏切らないし、絶対にためになるから頑張れ。

「ちょっと今後の話をしたいんだが、いいか？」

「今後？」

「何でしょう？」

二人が錬金術の本を置く。

「今、役所から通常の依頼と緊急依頼が来ている。あとは軍から魔剣作成の依頼だな。こういうのを地道にやっていけば、ウチの支部も信頼や信用を取り戻せると思うんだ」

「だろうね」

「頑張りましょう」

うん、頑張ろう。

「つまりな、今後は依頼が増えていく可能性が高いわけだ。ちょっと本格的に人員を増やす策を考えないと残業続きになるぞ」

支部は儲《もう》かるだろうが、肝心の職員が潰《つぶ》れてしまう。俺は慣れているから耐えられるが、経験も体力もない二人は厳しいだろう。

「そうだねぇ……でも、人を集めると言っても厳しいよ。まず錬金術師は数が少ないし、フリーの人なんていないよ」

それはそう。しかも、こんなところに来る奴なんて問題がある奴だけだろう。もちろん、俺のことね。

「エーリカ、例の囲い込み作戦はどうだ？」

「この前、学校に行って、先生に話はしましたよ。ただ、すぐに結果は出ないと思います」

「そうか……」

「まあ、そうだろうな。

「囲い込みって何だい？」

レオノーラが聞いてくる。

「まだ資格を持っていない錬金術師志望の学生や受験勉強中の奴をバイト扱いで雇うことだ。要は経験を積ませてやるし勉強も見てやるから、受かったらウチで働いてねっていう青田買いだな」

「なるほど……でも、それってジーク君の負担が大きいでしょ。まずは即戦力じゃない？」

それはそうなんだけど、その即戦力がウチに来るメリットがないんだよな。

「レオノーラ、知り合いとかいないないか？」

「いないねー。家の繋《つな》がりも途絶えたし」

家出したんだったな……。

「あのー……ジークさんの知り合いはどうです？　王都の学校にいたわけですし、本部で働いていたわけでしょう？　もっと言えば、本部長さんのお弟子さんだったわけですし、同門の友……お知り合いとかいないんですかね？」

エーリカが以前、スルーしたことを改めて聞いてくる。

「いない。学校の知り合いも職場の知り合いもアデーレだけだ。それに同門の連中には確実に嫌われている自信がある。まあ、それにあいつらはわざわざリートには来ないだろう。頭でっかちでたいした能力はないが、皆、エリートだし」

本部長の弟子は十人弱いるが、皆、６級以上だったはずだ。

「そ、そうですか」

「まあ、その言い方的には嫌われてるかもね」

「ジーク様、兄弟子さん達にそんな言い方はないですよ」

本人達の目の前では言わないようにするから大丈夫だよ。俺は変わったんだ。

「気を付ける。まあ、そういうわけだから、引き抜けそうなのはいないない な」

「アデーレさんがいるじゃないですか」

エーリカが変なことを言い出した。

「アデーレ？」

「はい。ご友人なんでしょう？」

微妙……。

「あいつがここに来るメリットがあるか？」

「それはわかりませんよ。メリット、デメリットで考えたら何もできませんし、誘ってみるだけならタダじゃないですか」

まあ、そうなんだけどさ。

「じゃあ、手紙を書くか」

文通が続いちゃうけど……。

「電話したらどうです？」

「あー、そっちが早いか……だったら明日にでも本部に電話してみるか。あいつ、受付だし、出るだろ」

「仕事中に引き抜きの電話はマズいのでは？」

まあ、確かにな。

「今からかけたらどうだい？　私、アデーレの家の電話番号を知ってるよ？」

レオノーラが提案してきた。

「ウチに電話はないな。エーリカは？」

「私もないです。支部に行きます？」

一応、仕事に関わることだし、問題ないか。まあ、咎《とが》める人間もいないけど。

「私の家に電話があるよ？　それでかけなよ」

レオノーラの家には電話があるらしい。電話って安くないんだけど、さすがは貴族だわ。

「借りていいか……あ、いや、レオノーラがかければいいのか。友達だし」

こんな時間に女性の家を訪ねるのは良くない。すでにエーリカの家にいるけど。

「貸すからジーク君がかけなよ。アデーレと友達なんだろ？　それに君がリーダーじゃないか」

いつの間にリーダーに？　まあ、キャリア的にも実力的にも俺がリーダーか。何よりもこいつらの師匠になったんだし。

「ちょっと待て……まずはこんばんはか？」

ヘレンに聞く。

「そうですね。無視の件がありますし、挨拶《あいさつ》は絶対に必要です。あと、いきなり電話をしたことと夜にかけたことを謝罪するんです」

なるほど……。

「また会議が始まったねー」

「温かく見守りましょうよ」

二人が優しい目になる。

「お前らも何かないか？　女の意見を聞きたい」

「あまり話を用意しない方が良いですよ。それをすると用意した話をしよう、しようと思ってしまって、逆に話が噛《か》み合わないことになります。そういうのはバレます」

「そうだね。素で行きなよ……あー、アデーレの返信がそっけなかったのもそれかもね。君からの手紙に君らしさがなくて、嫌だったんじゃないの？」

何それ？

「どういうことだ？」

「明らかに助言をした人間の影が見えたんでしょ。二人のやりとりの手紙のはずなのに、第三者の影が見えたらがっかりするもんだよ」

な、なるほど？

「主にヘレンなんだが？」

「そんなのは向こうはわからないよ」

俺もアデーレが何を考えているのかわからない……。

「じゃあ、電話してみるわ」

「そうしよう。よし、ウチにおいで」

「なんかドキドキしますね」

こいつら、楽しんでないか？

アデーレに電話することを決めた俺達は部屋を出ると、階段を上って、二階に行く。

「ちょっと散らかっているけど、気にしないでね」

レオノーラがそう言って、扉を開け、中に入っていったので俺達も続いた。中は真っ暗だったが、すぐに灯りが点く。すると、俺達の部屋と同じ間取りのリビングが見えるのだが、床にはたくさんの本が積み重なるように置かれていた。

「読書家なんだな」

「昔から本が好きだったんだよ。その中にあった錬金術の本にドはまりして今日に至る」

そういう人もいるだろうな。

「レオノーラさん、片付けましょうよ」

「頼むよ、マイワイフ」

「ワイフというより、お母さんの気持ちです」

エーリカはそう言いながら散らかっている本を拾い、本棚に納めていく。

「悪いねぇ……あ、旦那《だんな》様は電話だよ。あれ」

レオノーラが壁にかけられている電話を指差した。

「番号は？」

「ちょっと待って」

レオノーラはそう言うと、電話のところに行き、ダイヤルを回していく。

「え？　もうかけてる？」

「うん。はい」

レオノーラが受話器を差し出してきたので、慌てて受け取り、耳に当てた。受話器からは呼び出し音が鳴っており、本当にもうかけていたようだ。

「心の準備くらいさせろよ」

「グダグダ言ってないでさっさと誘いたまえよ」

「お前もさっさと掃除しろ」

「ごもっとも」

レオノーラも本を拾い始めた。すると、呼び出し音が鳴りやむ。

『……もしもし？』

低い女の声が聞こえてきた。

「あー……もしもし？」

なんか緊張してきた……。

『はい、どちら様でしょう？』

「えーっと、ジークヴァルト・アレクサンダーと申しますが、アデーレさんはおられるでしょうか？」

『はい？　ジークさん？　あー……私がアデーレですけど』

あ、アデーレだった。

「アデーレか……声が低いから違うかと思った」

『それは失礼しました。電話をかけてくるのは実家の両親くらいなので、身構えてしまいました』

なんで両親と電話するのに身構えるんだろ？

「……ジーク様、挨拶、挨拶」

ヘレンが小声で注意してくる。

「あ、こんばんは」

『はい、こんばんは。誰の声です？』

ヘレンの声が聞こえたらしい。

「使い魔のヘレンだ。俺は人とのコミュニケーションを間違えてばかりなので、訂正してくれているんだ」

『ああ、あの猫さんですか……便利な子ですね』

可愛い子なんだよ。

「……謝罪、謝罪」

わかってるよ。

「アデーレ、こんな時間に電話して悪いな」

『いえ、夕食も済み、ゆっくりしていたところなので構いません』

「ああ……それと急にかけて悪い」

『それはびっくりしましたね。というか、なんでウチの番号を知っているんです？』

まあ、そこは聞いてくるわな。

「レオノーラにかけてもらったんだ。レオノーラは知っているよな？　レオノーラ・フォン・レッチェルトだ」

『ええ、知っています。そういえば、彼女もリート支部ですね』

「そうなんだよ。奇遇だよな」

『ええ。ということは今、レオノーラの部屋にいるんですか？　こんな時間に？』

あ、やっぱりマズいよな……。

「他の同僚もいる。レオノーラと片付けをしているが……」

『彼女の部屋、汚いでしょう？　何回か彼女の実家に行きましたが、本だらけでした』

「今もだな……なあ、アデーレ、手紙にも書いたが、すまなかった」

『手紙にも書きましたが、もう気にしていません。同僚との交流なんて気にせずに仕事に集中する……悪いことではありませんし、ある意味で正しいことです。ですが、正しさは一つではないということもわかったでしょう？』

うん……。

「それらを反省し、こっちで頑張っている」

『良いことです。ただまあ、三人は厳しいでしょうね。手紙を見て、びっくりしました』

だよなー。三人はねーわ。

「アデーレ、実は本題がそのことなんだ」

『ん？　そのこととは？』

「リート支部は深刻に人手が足りていない。それでもし良かったら、アデーレに来てくれないかなーと思って」

来ないだろうなー……。

『はい？　私に本部からそちらに移れって言っているんですか？』

「まあ……なんか職場に不満がありそうだし」

『ん？　不満とは？』

「え？　あ、いや、なんかウチの同僚がそう言ってた」

ヘレンが激しく俺の肩を猫パンチしてくる。

『……何て言ってたんです？』

「手紙でこっちの仕事の様子を聞いてきたから、逆に不満があるんじゃないかーって」

「ジーク様ぁ……それは言っちゃダメなやつですってぇ……」

そうなの？

『ジークさん……あなた、私があなたに宛てた手紙を同僚に見せたんですか？』

あれ？　アデーレの声が低くなったぞ？

「いや、見せてはいない。ただ、こういうことが書いてあったからどう思うって聞いただけだ。すまんが、俺の人間力からすると、まず浮かんだのは『左遷された人間にそれを聞くか？』だな。『え？　ケンカ売ってる？』って思った」

『……良い同僚をお持ちですね。こちらは心配して聞いたのです。あなたは王都から出たことがないでしょうから』

「そうか……すまん。やはり人間力が……」

無念……。

『き、気になさらないでください。私が変なことを聞いたのが悪いのです。ですが、それでジークさんの手紙の違和感がわかりました』

ん？

「違和感とは？」

『あなたの手紙にこちらの仕事の状況を聞くようなことが書いてありました。他人に興味を持たないあなたが絶対に聞いてこないことです。だから私は誰と手紙のやり取りをしているのだろうと疑問に思ったのです』

　失礼だが、事実だから反応に困るな。

「俺は同じ失敗を繰り返さない。だから生まれ変わったのだ」

『素晴らしいことですね。でも、あなた、興味ないでしょ？』

　ない。

「正直に言おう。失敗しないことしか頭にない。まだその段階だ。何が悪いのかを完全には把握できていないからな」

『あなたらしいです……では、もう一度、聞きます。仕事はどうですか？』

「そこそこ上手くやっていると思う。同僚の二人は素直だし、わかりやすいから助かっている」

　良い奴らだ。

『そうですか……それは良いことです。さて、話を戻しますが、私にそちらに移れってことでしたね。それをして私に何のメリットが？』

　メリット……。

「正直、あまり良いことなんてないぞ。こっちはロクな設備もないし、ポーションもインゴットも手作りだ。エーリカもレオノーラも10級だし、人手もいない。さらには支部の評判も良くない。良いことと言えば、自然が豊富だから飯が美味いことだな。あとは食事を作ってくれる同僚がいるくらいだ」

なんと掃除もしてくれる。

『ふーん……私を誘った理由は？』

「お前しか誘える人がいないからだ」

『私、9級ですよ？』

9級かい。まあ、それでもエーリカとレオノーラよりかはマシだ。

「すぐに8級になれるだろ」

『そう思います？』

「俺の見立てではどんなバカでも努力次第で7級まではなれる。それ以上は才能がいるがな」

アデーレの実力を知らんが、7級くらいならなれる。

『それはあなただから言えることでは？』

「見てろ。10級コンビをすぐに7級にしてやる」

一年以内に……いや、どうだろ？

『へー……』

「今なら勉強を見てやるぞ」

『あなた、そういうことをする人でしたっけ？』

「よくわからんが、弟子を取ったんだ」

本当によくわからないうちに。

『弟子……変わりましたねー』

「他人を思いやる気持ちが大事なんだよ」

『そうですね。しかし、リートですか……』

あれ？　思ったより、迷っているぞ？　即、断ってガチャ切りだと思ったんだが……。

「こっちの支部長は天下りの軍人だから、何も言ってこないから気楽だぞ。しかも、寮のアパートが歩いて三十秒だから非常に楽」

『それは良いですね……まあ、ここにいるよりかはいいか』

あれ？　結構、傾いてない？

「職場に癒し系の可愛い子がいるぞ」

『誰です？』

「ヘレン」

『ああ……猫さんですか。まあ、せっかく誘ってくれたわけですし、異動願いを出してみますか』

は？　マジで言ってる？

「本当に移るのか？」

『いや、あなたが誘ってきたんでしょ』

「来るとは思っていなかった。ダメで元々」

『そういう決めつけはよくありませんね。人には人の事情があり、思うことがあるんです』

へー……もしかして、本当に今の職場に不満があるのかもしれんな。

「異動願いは受理されるか？　なんだったら先に本部長に電話するぞ？」

『いえ、私はすぐに受理されるでしょう』

そうなの？　貴族だからかな？

「いつ来られる？」

『引継ぎや引っ越しがあるのですぐには行けませんね。二週間はください』

二週間か。俺はすぐだったが、本来はそれくらいかかるだろうな。

「わかった。ありがとう」

『いえ、こちらこそ、ありがとうございます。では、これで……おやすみなさい』

「ああ、おやすみ」

電話が切れたので受話器を置いた。

「なんか来るって言ってる……」

電話を終えたので二人に報告する。すると、二人が顔を見合わせた。

「ロマンス？」

「え？　本当に？」

そんな感じはまったくなかったと思う。

「違うだろ。やっぱり不満があるみたいだったな。聞かなかったけど」

「不満かー。華の本部でもあるんだねー」

「まあ、人間関係とかあるんじゃないか？　俺と同じチームだった奴らは確実にあったと思うし」

自分で言ってて悲しいがな。

「とにかく、これで四人になりましたよ。アデーレさんを誘って正解でした」

確かにな。エーリカが言ってたように、決めつけずにダメ元で誘って良かったわ。

「ヘレン、頼むぞ。コミュニケーション難易度が低いこいつらと違って、アデーレは地雷だらけだからな」

「ご自分が埋めた地雷ですけどね。アデーレさん自身はとても良い方ですよ」

わかってるわ。大丈夫かな、俺……？

第四章　良い人になろう

翌日、支部に出勤した俺は二階のフロアにいるエーリカ、レオノーラに挨拶《あいさつ》をするとすぐに一階に下りた。そして、受付の奥にある扉をノックする。

「ジークヴァルトです」

『おー、入れ』

中から声が聞こえたので扉を開け、中に入った。

「おはようございます、支部長」

デスクで新聞を読んでいる支部長に挨拶をする。

「おー、おはよう。朝からどうした？」

支部長がそう聞きながら新聞を畳んだ。

「実は昨日、王都にいる友人に電話をしまして、その際にウチに来てほしいと頼んだら了承をもらえました」

「錬金術師か？」

「はい。アデーレ・フォン・ヨードルです。私の同級生であり、本部に勤めている9級の国家錬金術師になります」

「貴族か……ヨードルと言えば、軍部に影響力を持っている西部の貴族だぞ」

そうなのか？　貴族のことはあまり知らないんだよな。さすがにアウグストのところみたいな大貴族はわかるが、他は興味がないし、知ってても役に立たないから覚えていない。

「王都のベステ魔法学校の学生は半分以上が貴族ですからね」

よく了承してくれたな」

やっぱりそう思うよなー……

「ダメ元で聞いたのですが、了承をもらえました」

「うーん……同級生だったな？　何だ？　彼女か？」

「いえ、そういうロマンスは一切ありません。友人とは言いましたが、かなり微妙なレベルです。ただ、レオノーラとは昔からの友人のようですね」

「まあ、あいつも貴族だしな。そのアデーレとやらは使える奴か？」

知らねー。本部で一緒に仕事をすることもなかったし、学校では同じ実習班だったが、眼中になかった。アデーレの名誉のために言うが、アデーレが眼中になかったというより、学校の生徒全員が眼中になかったのだ。だって、あいつら、資格の一つも取れないバカばっかりだったし。

「申し訳ありませんが、アデーレの実力はわかりません。ですが、９級なら一定の実力はあるかと思います」

「そうか……まあ、理由はわからんが、人手不足なウチにとっては朗報だ。ジーク、指導はもちろん、上手くやれよ」

そこなんだよなー。

「支部長、この支部を建て替え、もしくは、リフォームする気はないですか？」

「ん？　なんでだ？　新しいというほどではないが、そんなに古い建物でもないだろう？」

確かに人の気配がないからさびれているように見えるが、そこまでボロボロなわけではない。

「いえ、やはり個人のアトリエが必要なような気がします。王都の本部ではそれぞれ個人のアトリエがあり、そこで働きます」

「個人のスペースを取れるほどの広さはないぞ。それにこれから人を増やす予定なんだ。どれだけ増えるかもわからん。建て替え、リフォームは時期尚早に思える」

俺もそう思う。

「支部長、私はそのうち主に人間関係で問題を起こしそうなのです。隔離すべきかと……」

「自分で言うか？　その辺りのことはお前らで話し合え。仕切りでも使って個人のスペースを作るなりなんなりしろ」

「ちなみにですが、私がそれを提案した場合、上の二人はどう思いますかね？」

もちろん、二階でマナポーションを作っているエーリカとレオノーラのことだ。

「知らん。だが、俺は『めんどくせー奴だな』とか『感じの悪い奴だな』って思うな」

「そうですか……参考になります。では、仕事に戻ります。失礼しました」

そう言って、支部長室を出た。

「やっぱりダメ？」

ヘレンに聞いてみる。

「ダメですね」

「そっか」

やっぱりなーと思いつつ、二階に上がって席につき、魔剣作りを始めた。

「なあ、アデーレがここに来たら席はそこか？」

レオノーラの隣であり、俺の正面の空席を見ながらエーリカとレオノーラに聞く。

「そこじゃないですか？」

「アデーレの希望もあるだろうけど、順当に行けばそうだね」

そうなるよな。俺の正面か……。

「顔を上げたらめっちゃ目が合うな」

「嫌なのかい？」

「すぐにさっと目を逸らしそうだわ。嫌な感じじゃない？」

「好きな子を見られない子供って感じがして微笑ましいよ」

レオノーラがそう言いながら笑う。

「それはそれで嫌だな……」

「ジークさん、女性の目が見られないんですか？　普通に見てません？」

「見てるよね」

お前らは見られるわい。

「いや、思春期のやつじゃなくて、アデーレには罪悪感やらなんやらあるし、距離感が掴《つか》めそうにないんだよ」

「普通で良いと思うけど……」

普通って何だ？

「普通じゃない奴にそういうこと言うな」

「悲しい師匠だ……」

「あの、今のうちに席を代わりましょうか？」

エーリカが提案してくる。エーリカと代われば正面がレオノーラになるから、大丈夫な気がする。

「ヘレン、どう思う？」

「それは逃げな気がします。結局は四人しかいない職場であることは変わりませんし、さっさと普通に接するべきでしょう」

確かに長々とぎくしゃくするのはマズい。四人しかいないから協力しないといけないし、他の二人には普通なのにアデーレにだけ態度が違うのは良くない。何しろ、俺はこの協会支部のリーダーなのだから。

「普通って何だ？」

「エーリカさんやレオノーラさんにはちゃんとできてますよ。同じように接すればいいのです」

「わかった。席はこのままでいこう」

あと二週間あるし、考えておくか。

◆◇◆

今日も受付でやってくるお客さんの対応をしていた。とはいえ、時刻はもう十八時を過ぎており、お客さんもほぼいない。そろそろ帰ろうかなーと思っていると、同期のマルタが階段から下りてきた。

「お疲れ」

「うん、お疲れ」

挨拶をすると、マルタも挨拶を返してくる。これが普通である……別に他意はない。

「もう上がり？」

「ひとまず今日はね。大変だわ」

マルタは魔導石製作チームに所属している。北の地の戦争で必要な物だから忙しいチームだ。

「お疲れ様としか言えないわ」

「まあ、忙しいのはどこもそうでしょ。それよりもちょっと小耳に挟んだんだけど、アデーレって異動するの？」

え？　なんで知っているんだろう？　確かに人事に異動願いを出したが、まだ誰にも言ってないことだ。ベステ魔法学校からの友人であり、同期であるこのマルタにも、だ。

「えっと……誰から聞いたの？」

「ウチのチームの先輩。なんかアデーレがジーク君を追って、リート支部に行くとか何とか……」

尾ひれがいっぱいついてないかしら？

「確かにリート支部への異動願いを出したけど……」

「やっぱり……なんで？　ジーク君がいるよ？　私の中で一緒に仕事をしたくない選手権不動の第一位、ジーク君」

まあ、気持ちはわからないでもない。社交的ではない人だし、挨拶を無視するし、何よりもあの人と一緒に仕事をしていた人間全員が『自分、要る？』って思うらしい。ジークさんは何でもかんでも一人でこなしてしまうし、それに対するフォローもしない。だから皆が自信をなくすらしい。

昨年の本部全体の忘年会でそういう話を聞いたのだ。なお、ジークさんは参加しなかった。

「あんまり言いふらしてほしくないんだけど、ジークさんに誘われたのよ」

「言いふらしてほしくない気持ちはわかるけど、それはちょっと無理かな。本部の顔である受付に座っているあなたも、あのジーク君も皆が知っているし、何よりもほら、ジーク君の一門がいるじゃない？　実際、その話を聞いたのも、ウチの先輩であるジーク君の姉弟子さんなのよ」

あの人か……。

本来、師弟関係というものは家族に近い。特に本部長の一門はその傾向が強いし、その一門のジークさんのことだから盛り上がっているのだろう。

「それで尾ひれがついた噂を広げられてもね」

「尾ひれなんてそんな……学生時代から内緒で付き合っていた彼氏を追うだけでしょ？　ものすごい尾ひれじゃないの……というか、にやついているし。

「そんなことないのは、あなたもわかっているでしょ。あのジークさんよ？」

「まあね。超がつくほどの天才でバケモノそのものだけど、人付き合いは本当にしない人だものね。私、廊下ですれ違った時に『お疲れ』って挨拶したけど、ガン無視された」

「私はここで毎日無視されてたわね」

受付だから当然、挨拶をする。中には会釈しかしてこない人もいるが、ジークさんはこちらを見もしないのだ。

「ジーク君だねー。で？　そんなジーク君がなんで誘ってきたの？」

「リート支部は錬金術師が少ないみたいなの。それで誘ってきた。リートには友人もいるし、行ったことがあるけど、良い町だったからそれも良いかなって思っただけ」

「そういうこと……」

「あなたも行く？」

「私は遠慮しておくわ」

「そう……噂は消しておいてくれる？」

「無理、無理。どんどん広まっていってるし、あなたがリートに異動したら皆、好き勝手言うんじゃない？」

まあ、それが人か。実際、ジークさんがリートに異動してからは私の耳にすらジークさんのあることないことが聞こえてくる。さすがに一門の人達がいるから表立っては言わないが、皆、思うことが大なり小なりあるのだろう。ましてや、ジークさんはアウグストさんに恨みを買っているし、誤解されやすい人だから嫉妬《しっと》の対象になりやすい。だからそうなるのも仕方がないと思える。そして、わざわざ華の王都にある本部を離れ、ジークさんのもとに行く私もそうなるのだ。

「逆に遠くて良かったと思おうかしら？」

「良いんじゃない？　あ、行く時になったら教えて。送別会を開くから」

「ありがとう」

ジークさん、送別会もなかったんだろうなー……あ、でも、一門の人達がいるか。見送りにも……あれ？　私一人……いやいや、私の前後に来ていたんだろう。きっとそうよ。

◆◇◆

アデーレを勧誘してから数日が経ち、役所からの緊急依頼であるマナポーション作りも残り数個になっていた。そして、昼休憩になったので、三人と一匹でエーリカが作ってくれた昼食の弁当を食べる。

「やればできるもんだねー」

「本当ですね。これもジークさんのおかげです」

二人が木箱に入っている四十何個かのマナポーションを見ながら頷《うなず》いた。

「それはお前達の努力の結果だ。というよりも、お前らの実力ならそれくらいはできる」

これが生まれ変わった俺のセリフ。

「最初に浮かんだセリフは？」

レオノーラが聞いてくる。

「できて当たり前。それができないなら10級を返上してこい……どうだ？　最低だろ？」

「うーん、確かに言葉は強いねー」

「ですね～。でもまあ、事実なんでしょうね」

俺達が何をしているのかというと、弟子二人が俺の人格矯正を手伝ってくれると言ったので、俺の元々の言動をどう思うかを確認してもらっているのだ。

「そもそも同僚やクラスメイトとはあまりしゃべらなかったから、実際に言葉には出していないと思う。でも、こう思っており、それを態度に出していたんだと思うんだ」

「まあ、直した方がいいとは思うね」

「ジークさんが変わろうと努力されていることを知っていますし、根は優しくて良い人であることも知っているので流せますが、初対面でそれを言われたらちょっと身構える人は多いかもしれませんね」

いや～……エーリカは大丈夫かね？

「やっぱりアデーレが来る前に直すか……」

昼食を食べ終えたので、昨日買ってきた本を読む。

「聞く姿勢が大事か……『へー』……『すごいなー』……『それどこで買ったの？』……『俺も興味があるんだよね』……『今度案内してよ』」

こんなん言うの？

「あ、あのー、それ、何ですか？」

エーリカは俺が読んでいる本を見ながら聞いてくる。

「昨日、参考になるかもと思って、本屋で買ったんだよ。店員にお勧めされた」

俺も弟子を取ったし、地雷女……じゃない、地雷を埋めまくってしまったアデーレが来るから、人間性向上の勉強のために買ってきたのだ。

「へー……あ、あの、タイトル的になんか方向性が違う気がしますけど……」

タイトルは【仲良くなれる　女性とのしゃべり方】と書いてある。

「そうか？　店員に同僚と上手くしゃべりたいと言ったらお勧めされたぞ」

「なんで女性に限定しているんですか？」

「お前ら女じゃん」

もちろん、アデーレも女。

「ジーク君、それナンパとか女性の口説き方の本じゃない？」

「そうなのか？」

「女性と限定している時点でそうだよ。店員さんはジーク君が職場に好きな人がいると思って勧めたんじゃないかな？」

なるほど。えーっと……。

「へー……レオノーラはすごいなー」

「実践しなくていいよ……」

「うーん……」

パラパラと本をめくり、読んでいく。

「いきなり告白してはいけません。告白はいわば最終確認に過ぎないので、そこまでにどれだけの関係性を築くのかが重要なのです。だから先に身体の関係を持っても問題ないで……ダメだこれ」

マジでナンパ本だわ。

「ジークさんは読まない方がいいと思いますよ」

エーリカが困った顔で首を横に振る。

「見せて、見せて」

「ほれ」

立ち上がってレオノーラに本を渡した。

「ほーん……」

レオノーラが本を読み込む。

「やっぱりヘレンに頼るか」

「そうですよ。私に任せておいてください。男性はやはり自信と清潔感、そして、ふいに見せる優しさが大事なのです。自信満々でかっこいいジーク様に足りないのは優しさです。ぶっきらぼうでも構わないので、ちょっとしたことで優しさを見せればコロッと落ちますよ。要はギャップです、ギャップ」

うーん、ヘレンの言っていることもちょっと違う気がするな……。

「それ、お前の好みじゃない？」

「女性は皆、そうですよ！」

「と言ってるが？」

エーリカを見る。

「うーん、まあ、一概にはそうとは言えませんが、否定もできませんね……私は引っ張ってくれる人が良いです。ちょっと鈍いんで」

確かに鈍いな。

「エーリカは問題ないな。俺、リーダーだし」

引っ張っている。

「ジークさんは頼りになりますね～」

うんうん。

「レオノーラはどうだー？」

「ジーク君、この前、部屋に上げたけど、そういうことじゃないからね」

ん？

「何を言ってんだ？」

「いや、この本によると、家に上げた女性はオーケーと……」

嫌な本だな。

「その場にはエーリカもいただろうが。というか、その本、捨てろ」

自分で買っておいてなんだが、良くない本だわ。

「本好きにとっては本を捨てることなんてできないよ。せっかくだから置いておこう。何かの役に立つかもしれない」

レオノーラはそう言って立ち上がり、錬金術関係の本や材料などが書かれた本が収納されている神聖な本棚にナンパ本をしまった。

「それが役に立つ日が来るとは思えんがな」

「そんなのわからないじゃないか。良いことも書いてあったよ？　とにかく褒めろってさ。これは男女関係なく良いことでしょ」

褒める、か。確かに良いかもしれない。褒めて伸ばすという言葉もあるくらいだし。

「確かにな。レオノーラは本当に賢いわ。だから勉強しろ。試験までひと月だぞ」

「わかってるよ……本当に合格できるか微妙なラインなんだよなー。夕食後に教えて」

「そうだな」

アデーレに結構な啖呵《たんか》を切ったし、落ちられたら困るわ。

「あの、私も錬金反応のところが……」

エーリカは十分に受かると思うんだけどなー。

「いいぞ」

まあ、やる気をそぐわけにはいかないし、あれだけ飯をご馳走になっているから断るという選択肢はない。というか、勉強するのはエーリカの部屋だしな。オーケー、オーケー……これを口に出したらダメなことは俺でもわかるな。

昼食を食べ終え、仕事を再開すると、一時間ちょっとで二人のマナポーション作りが終了した。

「できたー」

「頑張りましたね～」

「お疲れさん」

作成中の刀身を眺めながら二人をねぎらう。

「そっちはどうですか？」

「というか、なんか怖いね」

抜き身の剣を眺めている同僚がいたら怖いわな。だから個室が良いって言ってるのに……まあ、こいつらに提案できないんだがな。

「こっちも順調だな。マナポーションはどうする？　俺が傍目で見る限り、全部Eランク以上あったし、もう納品はできると思うぞ」

「ちゃんと見てたんですね」

「良い師匠だなー」

任せたけど、気になってたからな。

「悪くなかったし、最後の方はスムーズで良かったと思うぞ。もう10級の域ではないだろう」

褒めるのが大事っと。

「そうですかね？」

「いやー、照れるなー」

ホントに効果的だ……ナンパ本すげーな。

「それでどうする？」

「急いでいるわけですし、納品に行きましょう」

「まあ、まだ昼過ぎだしね」

時刻はまだ二時過ぎだ。

「じゃあ、行くか。俺が持つわ」

そう言って作成中の魔剣を置いて立ち上がると、マナポーションが入った木箱を空間魔法に収納する。

「ジーク君は本当にすごいね。錬金術だけじゃなくて、魔法も優秀なんだもん」

「当然だ」

「うーん、この子は褒め甲斐《がい》がないし、効果的じゃないな」

あ、レオノーラもナンパ本を実践してるし。

「やはり優秀なのはエーリカだろう。料理も完璧《かんぺき》だ」

「まあねー。頭も良くて家事もできる。まさしく、完璧な女性だ」

悪ノリした俺とレオノーラが褒めながらエーリカを見る。

「二人共、あの本を忘れましょうよー。絶対に良くない本ですってー……」

エーリカが頬を染めながらつぶやいた。どうやらエーリカには効果があるようだ。

「悪い。行くか」

「はーい」

「あ、私も行く」

俺達は何故か三人全員で支部を出て、近くにある役所に向かう。そして、役所に着くと、右端にある受付に向かった。

「ルーベルトさん」

エーリカが書き物をしているルーベルトに声をかけた。

「やあ、エーリカちゃんにジークさん。それにレオノーラちゃんも戻ってきたんだね」

ルーベルトが優しい笑みを浮かべながらレオノーラを見る。

「ただいま。有意義な出張だったよ」

「それは良かった。それで三人揃《そろ》ってどうしたんだい？」

「緊急依頼のマナポーション五十個を持ってきました」

エーリカが答えたので空間魔法から木箱を取り出し、カウンターに置いた。

「え？　もうできたのかい？」

「はい。ジークさんが教えてくれましたし、三人で協力して頑張りました」

「早いねー。でも、魔力草はどうしたの？　市場になかったでしょ」

まだないのかね？　市場に行ってないからわからんわ。

「ルーベルトさん、私達は錬金術師だよ？　いにしえより錬金術師は自分で材料を採取するものなんだよ」

レオノーラが言うように昔はそういう錬金術師が多かった。というのも、今は完全に分業になっているが、錬金術師は魔法使いなので、俺みたいに魔術を使える者も多かったのだ。

「外に行ったのかい？　危ないよ？」

「問題ないよ。ウチのジーク君は５級の魔術師だし、私達だって魔法使いの端くれさ」

門番に止められたけどな。

「うーん、まあ、気を付けてね。じゃあ、ちょっと確認するよ」

ルーベルトがそう言って木箱に入ったマナポーションを確認し始めた。

「どれも質が良いね」

ルーベルトは一本一本確認しながら頷《うなず》く。

「俺の見立てではCランクが三本、Dランクが三十五本、Eランクが十二本だな」

「それはすごいね。期限より短かったし、色をつけないと」

ラッキー。どこぞの少佐よりよほど良心的だわ。ホント、こういう依頼者だと助かる。

「ルーベルトさん、ウチは俺が加入したし、今度もう一人来る予定だ。さらにはエーリカもレオノーラも次の試験で９級に受かるだろう。何か依頼があれば積極的に回してほしい。もちろん、それでも人が少ないのは確かだが、こちらも努力する」

営業、営業。

「ホントかい？　それは助かるよ。民間は高くてねー」

「ウチの信用がないのが悪いんだが、できたら今回の依頼も最初からウチに回してほしかった。ウチだったら市場から魔力草が消えるなんてヘマはしていない」

ついでに民間を下げるっと……こういうことは得意。

「わかったよ。正直、今回の緊急依頼はかなり足元を見られちゃったんだよね」

「民間だからな。ウチは公的機関だし、決められた単価の範囲があるからそういうことはできない。役に立てるなら積極的に声をかけてほしい」

よしよし。こういう良い依頼者には良い顔をしておくのが大事だろう。俺も成長したな。

「本当に助かるよ。じゃあ、ちょっと見繕うね」

「ああ」

「うん……よし、確かにEランク以上が五十個だね。正式な依頼料が決まったらまた連絡するよ。ありがとうね」

「こちらこそ感謝する。こちらも今もらっている依頼を進めておく」

「ありがとうございました」

「ありがとー」

俺達は納品を終えると、役所を出て、支部に向かう。

「ジークさん、営業が上手ですね！」

「まあな！　そういう本も買ったんだよ」

昨日読んだ。こちらの有能性をアピールしつつ、競合相手をさりげなく下げるのが良いらしい。

「ジークさんは勉強家ですね！」

「……こいつ、ナンパ本を実践してんのか？」

レオノーラに確認する。

「エーリカは元からそういう子だよ。生まれ持ったもんなんでしょ」

生まれつきのナンパ女……いや、違うか。

「まあいいや。急ぎの仕事も終わったし、二人はレンガとインゴット作りに戻ってくれ。俺もさっさと魔剣を作ってそちらに加わる」

「わかりました！」

「充実してきたねー」

これまでが暇だっただけだろ。

支部に戻った俺達はそれぞれの仕事をする。エーリカがインゴットを作り、レオノーラがレンガを作っていた。俺はというと、鉄から作った刀身を眺め、調整をしていた。

「昨日くらいからずっと眺めていますけど、何をしているんですか？」

エーリカが聞いてくる。

「歪《ゆが》みやわずかな凹凸がないかを確認し、それを調整しているんだよ」

「そうなんです？　ぱっと見は立派な剣に見えますけど」

「俺にもそう見える。でも、剣を贈るような軍人は気にしたりするからな。要はオタクなんだよ」

多分、使わずに飾っておくような剣だろう。

「へー……ウチは去年も魔剣の納品がなかったんで知りませんでした。そういうものなんですね」

「というか、武器作成の依頼はほぼなかったね」

戦争とは無縁の南部の辺境だからなー。

「でも、インゴットの依頼は多いだろ」

「確かそこそこあった気がしますね。先輩達が作ってました」

「それらを北部に送って剣なんかを作るんだよ。俺は槍《やり》や矢尻《じり》なんかも作ってた」

あれは楽で良かったな。

「そうなんですねー。じゃあ、このインゴットも武器になるんですかね?」

武器が嫌いなエーリカは気になるのかもしれんな。

「さあなー。鉄なんかどこにでも使われているだろ」

「それもそうですね。きっと飛空艇に使われるんでしょう」

いやー、そのDランクのインゴットは使われないだろうな。飛空艇に使われる素材はBランク以上じゃないといけないのだ。そんな野暮なことは言わないけど。

「だなー……さすがにこんなものでいいかな」

調整を終えた刀身をデスクに置く。

「完成ですか?」

「ああ。これにエンチャントをしたら完成だな。今日、紅鉱石からエレメントを抽出して、明日エンチャントして納品」

「へー……そんなにすぐにできるもんなんですね」

「得意分野だからな。普通はもっとかかる」

平凡な奴なら一週間はかかるだろう。

「さすがはジークさんですね！」

「当然だな」

俺はその辺のボンクラ共とは違うんだ。

「自慢しかしない男とヨイショ女……」

レオノーラがポツリとつぶやく。

「事実を言っているだけだ」

「ヨイショ女……え？　私、そんな感じです？」

エーリカがぽかんとした表情になる。

「そんなことないぞ。エーリカは俺と違って、人の良いところを見つけるのが上手いだけだ」

俺は逆。人の粗を探すのが上手い。というか、そこしか見ていない気がする。

「——おーい。ジーク、電話だぞー」

俺達が話をしながら仕事をしていると、二階に上がってきた支部長が声をかけてきた。

「電話？　誰ですか？」

「本部のアデーレだと。例の奴じゃないか？」

アデーレという名の知り合いは例の奴しかおらんな。

チラッとレオノーラを見る。

レオノーラが電話に出ないかな？

「君をご指名だよ」

「そうか……」

仕方がないかと思い、立ち上がると、支部長のところに行き、一緒に一階に下りる。

「支部長、電話を二階にも設置しません？　受付がいないし、支部長もいちいち面倒でしょ」

この支部には一階の誰もいない受付にしか電話がない。

「それもそうだな。明後日の休みにでも業者を呼んでおくわ」

「お願いします」

一階に下り、支部長が自分の部屋に戻ったので受付にある電話を取る。

「もしもし、アデーレか？」

『ええ。ごきげんよう、ジークさん。お仕事中でしたか？』

そらそうだろ。

「いや、一段落ついて休憩していたところだ。アデーレは仕事じゃないのか？」

『私も休憩時間です。それで異動の件なんですが……』

「許可が得られなかったか？」

そういうこともあるだろう。

『いえ、あっさり得られましたね。許可が下りないとは思っていなかったのですが、ものすごい早さでした』

下りたんかい。いや、ありがたいことではあるが。

「そうなると、いつ頃来られそうだ？」

『すみませんが、私は荷物が多いので、ちょっと荷造りや引っ越しに時間がかかります。有休を取ろうと思っているのですが、それでも来週くらいになると思います』

俺はすぐに終わったが、女性は時間がかかるか。ましてや、アデーレは貴族だし、物も多そうだ。

まあ、二週間後の予定だったのが一週間になっているし、問題ないどころかありがたいことだろう。

「わかった。こっちではどこに住むんだ？　この前ちょっと話したが、２ＬＤＫで住める寮という名のアパートがあるぞ。しかも、割引が利いて二万五千エル」

『ええ。そちらに住もうと思っています』

貴族とはいえ、通勤三十秒は魅力かな。

「じゃあ、初日から住めるように、こちらで事前に申請を出しておこう」

『ありがとうございます。助かります』

「いや、こちらこそありがとう。アデーレが来るのを待っている」

例のナンパ本を参考にすると、ここで『君と一緒に働けて嬉《うれ》しいよ』って言うべきなんだろうが、嘘くささが半端ないから言わない。

『はい。それでですね、本部長が電話を寄こせって言っています』

ん？

「本部長？　何の用だ？」

『さあ？　確か、師でしたよね？　近況を聞きたいんじゃないでしょうか？』

そんなことを気にする人じゃない。というか、俺を飛ばした張本人だ。

「回せるか？」

『ええ。少々お待ちください。あ、こちらを出発する前にまた連絡しますので』

「ああ。わかった」

返事をすると、受話器から保留音が聞こえ出した。そして、しばらくすると、保留音が止む。

『ジークか？』

本部長の声だ。

「どうも。何の用です？」

『相変わらず、急かす奴だな』

「仕事中なんですよ」

別に急いでないけど。

『まあいい。そっちはどうだ？』

「悪くないですね。ヘレンがいればどこも一緒です」

『ヘレン？　あー、あの泣き虫猫か』

ヘレンは本部長の使い魔の鷹《たか》が怖くてすぐに引っ込むのだ。

「泣き虫じゃないですよ。そんなことより、この支部の人の少なさは何ですか？　俺が来る前は二人しか錬金術師がいませんでした。しかも、二人共、10級です。異常でしょ」

『それな。こちらでも問題視されていた。だからお前を送ったんだよ』

ちょうどいい左遷野郎がいたわけね。

「北部の町で飛空艇を作るって八人も引き抜かれたって聞きましたけど？　よく許可しましたね？」

異動するにしても本部長のハンコがいるはずだ。

『ジーンの町だな。王家からの発注の飛空艇だ。こちらも拒否できん』

ジーンは北部の西の方にあるそこそこ大きい町だ。

「なんで王家からの依頼が王都の本部じゃなくてジーン？　あ、いや、王妃様か」

王妃様の出身がジーンだったはずだ。

『そういうことだ。立場上、あまり言及したくない話題だな』

王妃様の鶴の一声か。まあ、そういうこともあるだろう。

「それなら仕方がないですね。飛空艇作成が終わっても仕事は多いでしょうし」

どこの世界もそういう癒着はある。

『だな。それでリート支部がそういうことになっている。だからアデーレの異動願いもすぐに許可を出したんだ。願ってもないわ』

そういうことか。

「どうも。他にもいません？」

『リートに行きたい奴なんているわけないだろ。アデーレはよく異動願いを出したわ。何だ？　彼女だったのか？』

皆、そう言うな……。

「俺に彼女なんているわけないでしょう。単純に同級生ですし、こっちにはアデーレの友人がいたんで誘っただけです。まあ、オーケーをもらえるとは思っていませんでしたが」

『そうか……そっちの同僚はどうだ？　10級だし、使えんか？』

「経験がないだけで使えないことはないですよ。こっちの仕事内容から見ても十分です。何よりも人が良いですね」

そこは非常に助かっている。

『ほう……それは良かったな。まあ、頑張ってくれ。一応、そっちの支部長からの要請で希望者は募っておく。期待しないで待ってろ』

絶対に来ないな。

「わかりました。あ、アデーレに交通費くらいは出してくださいね」

『はいはい。じゃあな』

本部長が電話を切ったので受話器を置く。

「ヘレン、アデーレが出発前に連絡するって言ってたな？」

本部長との会話よりもそちらが気になった。

「はい。言っておられましたね」

「真意は？」

「出迎えに来てもらえると喜びます」

やっぱりか……。

「さすがに俺でもわかったな」

何しろ、俺自身がエーリカにしてもらったし。

「アデーレさんも来たことがある町ですが、さすがに出迎えるべきでしょう。こちらが誘ったわけですし」

「確かにな……」

俺は支部長にアデーレの寮の部屋の件を伝えると、二階に上がり、仕事に戻る。そして、紅鉱石からエレメントを抽出する作業を行い、この日の仕事は終わった。

翌日、朝からデスクにつく俺の両サイドにはエーリカとレオノーラが立って、俺のデスクにある剣を見ていた。

「魔剣作りで一番難しいのがここになる。つまり、剣にエレメントをエンチャントすることだ」

二人が見てみたいというから説明しながら見せているのだ。なお、昔の俺は作業をしながら横目で師匠の技を盗んでいた。

「上級の錬成ですね。最低でも6級以上の資格がないとできないと聞きます」

「私は初めてどころか魔剣自体も見たことがないよ」

庶民はもちろんだが、貴族令嬢が見るようなものじゃないしな。

「仕組み自体は剣とエレメントを合成するだけだから非常に簡単だ。難しいのはむらなくエンチャントをしないと失敗になることだな。最悪は魔力が上手く行きわたらずに詰まって爆発する」

そう言うと、二人がちょっと距離を取った。

「俺が失敗するわけないだろ」

「さすがです」

「ジーク君を信じているよ」

二人はそう言いつつも近づいてこず、本をガードに使っている。

「大丈夫だってのに……行くぞ」

剣と小瓶に入った赤い液体に手をかざし、魔力を込める。すると、二つの材料が光り出し、あっという間に真っ赤に染まった剣ができあがった。

「え？　終わりました？」

「もうできたの？」

「錬成の速さには自信があるんだよ」

そう言いながら剣を取り、確認していく。

「かっこいい剣ですね～」

「なんで赤いの？」

「一目で魔剣とわかりやすくするためだ。軍の規定で決まっている」

その辺の冒険者でも上のランクの人間なら魔剣を持っていることもある。そいつらの魔剣は別に色はついていないが、軍は武器がいっぱいあるので間違いを防止するために色をつけないといけない決まりがあるのだ。

「へー……見せて、見せて」

「ほら、Aランクの魔剣だぞ」

魔剣をレオノーラに渡す。

「おー……思ったより軽いんだね」

レオノーラが剣を構えた。素人目に見ても構えがなってないのがわかる。というか、小柄のレオノーラが持つと非常に危なっかしい。

「魔力を込めるなよ。炎が出るぞ」

「わかってるよぅ……うーん、なんか魅せられるね。これがAランクかー」

レオノーラが刀身をじーっと見た。

「すごかろう？　これなら大佐も文句を言わないと思う」

「だと思うよ。納品に行くかい？」

レオノーラが魔剣を返しながら聞いてくる。

「そうだな。この依頼もさっさと終わらせよう。ルッツがいるし、エーリカはついてきてくれ」

「わかりました」

エーリカが頷《うなず》いてくれた。

「レオノーラは……まあ、三人で行くか」

「そうだね。ルッツ君に帰ってきた挨拶《あいさつ》をしないと」

レオノーラもルッツを知っているわけか。いや、そりゃそうか。

「ちょっと待ってろ。鑑定書と請求書を書く」

「あ、請求書は私が書きますよ。千五百万エルでしたよね？」

「ああ。頼むわ」

エーリカが席について、請求書を書き出す。

「じゃあ、私は魔剣を収める木箱でも作るよ」

レオノーラがそう言って三階に行ったので、俺も鑑定書を書き始めた。そして、鑑定書を書き終え、エーリカも請求書を書き終えたので、三階から戻ってきているレオノーラの席に行く。すると、レオノーラのデスクには魔剣が収まりそうな木箱ができており、白い布を詰めていた。

「もう作ったのか?」

「さすがにこのくらいの加工ならすぐだよ」

まあ、加工は簡単だ。

「やはりレオノーラは才能があるな」

「ホントですよね~」

俺が褒めると、エーリカが手を合わせて同意する。

「私がやり出したんだけど、その褒めるの、やめないか? なんかむずむずする」

でも、効果があるしなー。

実際、レオノーラはやる気を出して、勉強をしている。なお、俺は褒められてもまったく嬉しくない。当然のことだからな。

「やめない。褒めることを意識すれば貶《けな》すことをしなくなるからだ」

エーリカのように人の良いところを探す人間になれる。

「両極端だねー……まあいいや。箱ができたから魔剣を貸して」

レオノーラに魔剣を渡すと、綺麗《きれい》に収め、箱に蓋《ふた》をしてくれた。

「じゃあ、行くか」

魔剣が入った木箱を空間魔法に収納すると、三人で支部を出て、軍の詰所に向かう。そして、詰所に入ると、ルッツを見つけたので受付に向かった。

「ルッツ君」

「あ、エーリカ……あれ？　レオノーラじゃないか。戻ってきたんだね。久しぶり」

ルッツがレオノーラに気付き、声をかけた。

「ルーベルトさんもルッツ君も、たかが二週間の出張でオーバーだなぁ……」

「いやー、レオノーラが出張して、ジークさんが来るまでの間はエーリカが一人だったからね」

従兄としては心配なわけだ。

「ルッツ、魔剣を納品に来た。大佐はおられるか？」

「もう？　本当に早いね。ちょっと待ってて」

ルッツがそう言って、奥に向かい、とある部屋の中に入っていった。そして、しばらく待っていると、ルッツが一人で戻ってくる。

「ジークさん、大佐が会いたいそうだから来てくれるかい？」

「わかった。お前らはどうする？」

エーリカとレオノーラを見る。すると、まったく同じタイミングで首を横に振った。

「遠慮しておきます」

「私達は旦那《だんな》様の帰りを待っていることにするよ」

大佐に会いたくないんだろうなー……まあ、軍人はちょっと怖いところがあるし、ましてやその軍のトップならなおさらだろう。

「ルッツ、行こう」

「ああ、こっちから回ってくれ」

ルッツに指示された通りにカウンターをぐるっと回り、受付内に入ると、奥の部屋に向かった。

「大佐、錬金術師協会のジークヴァルト殿をお連れしました」

『ああ、入ってもらえ』

部屋の中から大佐の声が聞こえてくると、ルッツが扉を開き、中に入るように促してきたので入る。部屋の中は壁一面に本棚が設置されていた。さらには執務用のデスクがあり、大佐が座っている。

「すまん。かけてくれ」

大佐がペンで応接用と思われる対面式のソファーを指したので腰かける。すると、すぐに大佐が立ち上がり、対面に座ってきた。チラッと斜め後ろを見ると、ルッツが俺の後ろに控えている。

「お忙しかったでしょうか？」

「いや、そこまででもない。少佐の後始末だな」

後始末……他にも不正があったのかな？　まあ、どうでもいいか。

「さようですか。本日はご注文の魔剣を持って参りましたのでご確認ください」

正面にあるローテーブルにレオノーラが作ってくれた木箱を置く。

「随分と早いな」

「優先した方がいいと思いましたので……まあ、正直に言うと、他に仕事がないんですよ」

役所の仕事は二人に任せたたし。

「そうかね。こちらとしても本来なら協会に頼みたい仕事がいくつもある。だが、そちらの支部の状況を見る限り、それらの仕事ができるという判断がつかないんだよ」

「申し訳ございません。ご存じでしょうが、これまでは10級が二名という協会としても異常な状態にありました。色々と事情がありましてね」

「事情は言わなくていい。こちらは貴殿より長くこの町にいるし、他の町とも繋《つな》がりがあるのだ」

事情は知っているわけだ。

「そうですか。まあ、そういうことです。一応、私も赴任してきましたし、今度、また別の者が赴任する予定です。エーリカとレオノーラも経験がないだけで優秀ですし、以前のようなことはないでしょう」

こっちにも営業っと。

「ふむ、わかった。こちらとしても高額な民間よりも、質と値段が保証されている協会に頼みたい。徐々に仕事を回そう」

「ありがたいことです」

「さて、魔剣を見せてもらおうか……」

大佐が木箱を引き寄せ、蓋を開ける。

「属性については指定がありませんでしたので、炎の魔剣にしました。鞘《さや》や装飾はそちらで用意するということでしたので抜き身です。また、質としてはAランクになります。こちらが鑑定書です」

そう言って鑑定書を渡した。

「ふむ……」

鑑定書を受け取った大佐が読み込む。

「信用できないなら別の鑑定士に確認してもらっても結構です」

誰が見てもAランクだがな。

「いや、問題ないだろう。良い剣だな。私が欲しいくらいだよ」

大佐が鑑定書を置き、魔剣を取り出して掲げる。すると、電灯の光が反射し、魔剣がきらりと光った。

「ありがとうございます。もう一本、依頼されますか？」

「千五百万エルもする魔剣をそう簡単には発注できんよ」

まあね。しかし、この魔剣代はどこから出るんだろ？

「では、こちらが請求書になります」

エーリカが書いてくれた請求書をテーブルに置く。

「わかった。すぐにでも振り込んでおこう」

「よろしくお願いします。では、私はこれで失礼します」

そう言って立ち上がる。

「うむ。ご苦労だった」

俺は一礼をし、部屋を退室した。

◆◇◆

私はジークヴァルトが部屋を退室した後も納品された魔剣を掲げ、じーっと見続けた。

「素晴らしい……」

妖《あや》しく光る赤い剣は誰がどう見てもなまくらじゃないことがわかるだろう。鑑定書など見なくてもAランクの質であることはわかる。

「報告によりますと、大佐が依頼されてすぐに鉱石屋で鉄鉱石と紅鉱石を買ったとのことです」

ルッツが報告してくる。

特別な材料は使っていないのか……あの支部に上等な触媒のストックがあるとは思えない。

「ルッツ、見てみろ」

そう言ってテーブルに魔剣を置く。すると、ルッツがこちらにやってきて、魔剣を手に取った。

「これは……」

「お前の目から見て、どう思う？」

「私も何回かは魔剣を見たことがあります。ですが、これほど見事な魔剣は初めてです」

それはそうだろうな。

「私は長いこと、この職に就いているし、何本も魔剣を見てきた。だが、その魔剣は五指に入る
……いや、この言い方を侮辱と取る男だったか。一番で良いわ」

それほどまでに見事な魔剣だ。そもそもこの国にAランクの魔剣が何本あるというのか。

「それほどですか……ジーク殿は本当に優れた錬金術師なのですね」

「らしいな。その魔剣でよくわかったわ」

あの魔女の一番弟子なのは本当だろう。あれほど大口を叩《たた》き、自信に満《み》ち溢《あふ》れているわけだ。

「私はどうすれば？」

ルッツが魔剣を置き、聞いてくる。

「とりあえずは適当に仕事を回しておけ。あそこにはいずれ大口の依頼を任せるつもりだ」

「わかりました……しかし、ジーク殿はいつまでここにいてくれますかね？　すぐに引き抜かれそうですけど」

これほどの実力を持つ3級の国家錬金術師だしな。何よりもまだ若い。

「どうせ王都に行かないといけないし、少し探ってくる。振り込みと依頼の見繕いを頼む」

「はっ！」

さて、鞘と装飾を揃えて、王都の元帥に渡すか……本当は実力を確認するための依頼だったが、ああ言ってしまった以上、渡さないといけない。もったいないが、仕方がないだろう。

◆◇◆

大佐に魔剣を納品した俺はエーリカとレオノーラと共に支部へ帰った。そして、二人の仕事の手伝いをしながら過ごす。

鉄鉱石を鉄に変える作業をしていると、レオノーラが提案してきた。

「ジーク君、今日の夜はお祝いをしようよー」

「お祝い？　何のだ？」

二人のどちらかが誕生日なんだろうか？　プレゼントを用意していないし、遠慮したい。

「ほら、緊急依頼も終えたし、魔剣を納品もしたでしょ？　そのお祝い」

お祝いする要素がないような気がするんだけど？

「良いと思います。でも、今日は実家に帰るので明日にしましょうよ。明日は休みなので時間もありますから、仕込みもできます」

エーリカは実家がここだからすぐに帰れるもんな。なお、王都にいた俺はほぼ実家と呼んでいい本部長の家に帰ったことはない。

「おー、だったら私も特注のワインを開けてあげるよ」

「私、飲めないですよ？」

「アルコール度数が低いやつだからエーリカでも大丈夫だよ。それに潰《つぶ》れても私が優しくベッドまでエスコートしてあげる」

うーん……なんか完全に開催する流れになっている。

「お前ら、ちょっと待ってろ。ヘレン」

「行くべきです」

ヘレンは即答し、丸まった。

「こら、飽きてるんじゃないぞ」

「飽きてませんよ。どうせ夕食をご馳走《ちそう》になるんだから同じことじゃないですか」

……確かに。

「お祝いって何するんだ？」

「ちょっとしたご馳走を食べて、ワインを飲んで、お疲れ様でした、また明日から頑張りましょうっていうだけの会ですよ。一発芸もないですし、パワハラしてくる人もいません」

まあ、エーリカとレオノーラだしな。

「出た方が良いわけか」

「もちろんです。ジーク様も頑張りましたが、緊急依頼の方はエーリカさんとレオノーラさんが頑張っていたじゃないですか。お弟子さんの成長を祝福するべきです」

おー……胸に刺さるな。でも、俺は自分の師から祝われたことがない。まあ、あんな人だしな。

「わかった。参加しよう」

飯食ってワイン飲むだけだ。いつものこと。

俺達はその後も仕事を続けていき、定時になったので帰ることにした。

「では、私は実家に帰ります」

支部の前でエーリカが軽く頭を下げる。

「泊まるのかい？」

「いえ、夜には帰りますよ。家族でご飯を一緒に食べるだけですから」

「遅くなるのか？　一人で大丈夫か？」

「大丈夫ですよ。大通りを歩きますし、この町は治安も良いですから」

この町は夜遅くに女性が一人で歩けるくらいには治安が良いようだ。

「そうか。じゃあ、明日な」

「はい。一緒に買い物に行きましょう」

エーリカはそう言って、大通りを歩いていった。

「さて、我々も帰ろうか。ジーク君は夕食をどうするの？」

エーリカが実家に帰ったということは当然、夕食を自分達で用意しないといけない。

「パンを買って食べるかな……」

「味気ないねー。お姉さんと夜のデートをしようよ。奢《おご》ってあげるよ？」

まあ、この前行った店にでも行くか。あ、いや、待てよ。

「レオノーラ、ちょっと買い物に付き合ってくれるか？」

「ん？　いいけど、どうしたの？」

「俺が知っているレシピをエーリカに教えようと思うんだが、この町にどういう食材や調味料があるかを確認しておきたいんだ」

「あー、なるほどね。いいよ。どうせ家に帰ってもジーク君に勉強を見てもらうか本を読むくらいだしね」

勉強は大事だからする。特に準備が遅かったレオノーラは時間が惜しいのだ。

「ついでに何か買って、夕食を作ってやるよ」

「おっ、本当？　いやー、料理を作ってくれる夫はポイント高いよー」

「料理どころか掃除もしない妻はポイント低いけどな」

「その分いっぱい稼ぐよ……」

「じゃあ、９級に受かれ」

資格を取れば給料は上がる。

「頑張る……」

俺達は家に帰らずに市場の方に行き、食材なんかを見ていく。

「本当に食材が豊富な町だな」

「山に森、さらには海があるからね。色々獲れるんだろうし、港町には色々と集まるんだよ」

これなら使えるレシピは多そうだ。

「良い町だな」

「まあね。エーリカが錬金術師として、この町を良くしたいって言ってたけど、よそ者の私でもその気持ちがわかるよ。この町は過ごしやすいし、良いところがいっぱいある。一番は人が良いんだよ。皆、おおらかで話をしていて気持ちが良い。エーリカがその代表格」

少佐みたいな奴もいるけどな。あ、いや、あれはよそ者か。俺と同じだ。

「支部の立て直しを頑張るか。それがこの町のためになる」

「そうだね」

俺達はその後も市場を見て回り、夕食も決めたので材料を買うと、寮であるアパートに戻った。

そして、キッチンに立ち、準備をする。

「何を作るのかな?」

背の低いレオノーラが子供みたいに覗《のぞ》いてきた。

「女子供が好きそうなオムライスだな」

お前にぴったり。

「何それ?」

「焼いた卵をご飯に包むやつ。すぐにできるから待ってろ」

「よーし、ワインを持ってくるー」

レオノーラはそう言って、部屋を出ていった。

「明るい人ですね」

ヘレンがレオノーラが出ていった扉を眺めながらつぶやく。

「そうだな。エーリカもレオノーラも俺が持っていないものを持っている。俺がどれだけ人生をやり直しても、あいつらみたいにはなれないだろう」

「ジーク様はジーク様にしかなれません。ですが、お二人の良いところを学んでいきましょう」

弟子を取ったが、正直、弟子から学ぶことの方が多そうだ。それだけ俺には何かが足りていないのだろう。

「そうだな」

その後、オムライスを作っていると、レオノーラが戻ってきた。そして、完成したので三人で食べていく。

「うん、美味しいね。確かに子供が好きそうだ」

子供っぽいレオノーラが頷《うなず》きながら食べていく。

「エーリカさんにも食べさせてあげたいですねー」

ヘレンも美味しそうに食べている。

「これもエーリカにレシピを渡すから、作ってもらえばいいだろう。あいつの方が美味く作れる」

ちょっと失敗したのだ。昔はバイトでよく作ったが、さすがにブランクがあった。

「私は妻と夫に恵まれたなー」

俺達はその後も食べていき、夕食を終えると、勉強会をした。そして、勉強もそこそこにすると、レオノーラが持ってきたワインを飲み出す。すると、呼び鈴が鳴った。

「エーリカかな?」

「他にウチを訪ねる奴はおらんからな」

立ち上がると玄関に行き、扉を開ける。すると、予想通りエーリカが立っていた。

「帰ったのか？」

「はい。ご飯を食べて、ちょっと話をして戻ってきました。そしたら二階のレオノーラさんの部屋の明かりが点いていなかったので、こちらかなと」

「夕食を一緒に食べたんだ。まあ、入れよ」

「お邪魔します」

エーリカと共にテーブルに戻る。

「おかえり。エーリカも飲む？」

レオノーラが上機嫌にグラスを掲げた。

「ワインですか？　ワインは明日じゃなかったですっけ？」

「明日は特注。今日は私の地元のワイン」

「あ、そうなんですね。では、せっかくですし、ちょっと頂きます」

「うんうん、明日は休みだし、ゆっくりしようよ」

エーリカが席につき、ワインを飲む。

「夕食は何を食べたんですか？」

「ジーク君がオムライスっていう卵料理を作ってくれた。美味しかったよ」

「へー、良いですね」

エーリカが頷き、こちらを見てきた。

「今日、レオノーラと市場を見てきたから、作れそうなレシピをピックアップしておくわ」

「ありがとうございます」

エーリカが嬉《うれ》しそうに笑った。

俺達は明日が休みなため、ワインを楽しみながらゆっくり過ごしていく。そのまま話をしながらワインを飲んでいると、何かの揺れを感じた。

「ん？　地震か？」

「この辺は地震なんて起きないよ」

そうなんだ。

「というか、ドーンという音が聞こえませんでした？」

え？　聞こえた？

「レオノーラは聞こえたか？」

「いや、聞こえなかったよ」

「あれ？　気のせいですかね？」

酒に弱いって言ってたし、酔ったんじゃないか？

「私も聞こえましたよ」

ヘレンも聞こえたらしい。

「ドーンって何だ？　花火か……ん？」

外からカーンカーンという鐘の音が聞こえてきた。

「これは警報ですね。火事です」

「エーリカとヘレンが聞こえたとかいうドーンという音と関係しているかもね」

二人がそう言って立ち上がった。

「野次馬か？」

「ジーク君、この町にはエーリカの実家もあるんだよ？」

あ、失言だった。

「すまん。支部の三階からなら、見えるかもしれんな」

すぐそこだし。

「行きましょう」

エーリカがそう言うので部屋を出て、支部に向かった。そして、階段を上がり、三階の倉庫にやってくると、窓を開けて外を見る。すると、真っ暗な夜の中、かなり先が明るくなっているのが見えた。

「ありゃ火事だな。エーリカ、お前の実家の方か？」

「いえ……あっちは工場なんかがある方向ですね」

工場……何かのトラブルか？

「ヘレン、ひとまずは安心だなって言っていいもんか？」

「ダメですね」

やっぱりか。何となくそんな気はした。これがわかるようになったということは、俺も成長したんだな。

「この町も消防隊なんかはいるよな？」

エーリカに確認する。

「もちろんです。しかし、私達にできることはありませんかね？」

「水曜石はあるか？」

水曜石は水をストックできる便利な石だ。

「ないですね……」

「じゃあ、手伝えることはないだろう。俺らみたいな非力な人間が行っても邪魔なだけだ」

バケツリレーをするのかはわからないが、どちらにせよ、野次馬にしかならんし、迷惑になるだけだ。

「ですが……」

「気持ちはわかるけど、適材適所ってやつだよ。私達が貢献するのは火事が治まった後」

燃えたものの修復や建物の復旧があるからな。

「――ジークさーん！」

「ん？」

下から声が聞こえたので見下ろしてみると、ルッツが手を振りながら見上げていた。

「どうした？」

「ちょっといいかい⁉　頼みたいことがある！」

こんな時に？

「ちょっと待ってろ。そっちに行くわ」

「頼む！」

俺達は窓を閉め、一階に下りる。そして、玄関から外に出ると、ルッツが待っていた。

「何だ？」

「工場の方で火事が起きてるのは？」

「上から見てたから知ってる」

「実は工場に隣接する倉庫で火が上がったんだよ。しかも、その倉庫内には火曜石の在庫があって、それが爆発したんだ」

火曜石は火の勢いを強くする石であり、石炭のようなものだ。

「爆発の前から火事があったわけか……原因は？」

「不明。調査は後だね。それでちょっとマズいのは、火事になっている倉庫に隣接する倉庫には、その比じゃないくらいの火曜石が置いてあるらしい」

火曜石の火は中々消えないし、被害が大きくなるな。

「それはさっさと消火する必要があるな。それで用件は何だ？　言っておくが、ウチに水曜石のストックはないぞ」

「それはわかっている。頼みたいのは錬金術関係ではなく、5級国家魔術師としての君の力の方だ」

あー、俺の魔法で火を消せって言ってるわけだ。実際、こういう非常時には魔術師協会の連中が緊急依頼で出張ることはある。

「それ、俺の仕事――」

「ジーク様ぁ‼」

突如、肩にいるヘレンが顔にへばりついてきた。

「何だよ？　構ってほしいなら後にしろ」

甘えん坊の使い魔だな。

「会議です！　緊急会議です！」

「何？」

ヘレンを引きはがしながら聞く。

「何を言うつもりでした？」

「俺の仕事じゃないだろ。俺は錬金術師協会に所属する錬金術師だ。そういうのは魔術師協会の人間に頼め」

俺は関係ない。

「やっぱり……マズいですって」

「どこが？」

「人の道です。きっと正しいのはジーク様なんでしょう。でも、そういうのをやめて、生まれ変わろうっておっしゃってたじゃないですか」

人の道……え？　外れてる？

「関係ない俺が火を消すのが人の道か？」

「良い人はそうします。きっとここでジーク様が手を貸さなくても誰も責めません。だからこそ、ここで動く人間が称賛され、良い人と呼ばれるのです」

俺は良い人じゃない……。

「うーん……メリット、デメリットで考えてはダメなわけだ」

別に称賛されることはメリットではない。

「では、こう考えましょう。現在の支部の評判は良くないです。だからこその地域貢献です。支部に所属するジーク様の評判が支部の評判になるわけです。ほら、メリットです」

「なるほど……さすがはヘレン。賢いな」

確かにメリットだ。

「ささっ、5級国家魔術師試験を鼻で笑ったジーク様の実力を見せつけてやりましょう」

「よし！　火なんてすぐに消し飛ばしてやろう。ルッツ、案内しろ」

「え？　あ、うん……何の会議だったの？」

ルッツが従妹のエーリカに聞く。

「大事な会議。温かい目で見守ってあげて」

エーリカはそれしか言わんな。

「ルッツ、時間がないぞ。車は？」

「あ、こっち。乗ってくれ」

ルッツが向こうの方に停めてある車に向かった。

「よし、行くぞ」

エーリカとレオノーラに声をかける。

「え？」

「私達も行くのかい？　邪魔では？」

「新参の俺が行っても、錬金術師協会の人間だとわからないかもしれないだろ。顔が売れているお前らも来るんだよ」

支部の評判を上げるためなんだから『誰、あいつ？』では意味がない。その点、この町の出身のエーリカと特徴的な背丈と格好をしているレオノーラは適任だ。

「な、なるほど！」

「ジーク君は本当に優秀なんだね……」

「わかったな？　行くぞ、弟子共」

「「おー」」

俺達は急いでルッツが乗ってきた車に向かうと、車に乗り込み、ルッツの運転で出発する。すると、道の先に燃え盛る炎が見えてきた。それと同時にたくさんの野次馬と、それを制する兵士の姿も見える。

「結構、炎が大きいね」

後部座席でエーリカと並んで座っているレオノーラがつぶやいた。

「火曜石だからなー……ちゃんと管理しとけっての」

燃えるのを防ぐ魔道具もある。

「管理ミスは確かだろうね。しかし、なんで火が出たのか……タバコの不始末？」

「タバコであんなに燃えるか？　何かの事故か放火だろ。まあ、その辺はルッツ達の仕事だ」

俺とレオノーラが話をしていると、燃え盛る倉庫がはっきりと見えてきた。すると、ルッツが少し離れたところに車を停める。俺達が車を降りると、周囲には慌ただしく動く兵士や消防隊も見え、消火栓から伸びるホースやバケツリレーで消火作業をしていた。

「焼け石に水だな。魔術師はどうした？」

「まだ来ていないんだよ。緊急依頼をしないといけないんだけど、この時間だと協会に人がいないから連絡に時間がかかるんだ」

明日は休みだしな。

「ルッツ！」

俺達が周囲を見渡していると、ルッツと同じ制服を着た三十代の男がこちらに向かって走ってきた。

「大尉！　錬金術師協会の者を連れてきました！」

ルッツが上官と思える男に敬礼をする。

「うむ！　しかし、本当にいけるのか？　あの支部だろ？」

どの支部だよ。

「ジーク殿は５級の国家魔術師です。他の魔術師が来るには時間がかかりますし、ジーク殿に頼みましょう」

「そうか……ジーク殿、錬金術師協会の者の領分ではないだろうが、頼みたい」

大尉が軽く頭を下げてきた。

「町のためですし、所属は関係ないでしょう。この町に住む者として当然のことです」

そう言って、チラッとヘレンを見ると、ヘレンが満足そうな顔で頷《うなず》いた。

「すまん……見てもらえばわかるが、かなり火が強い。火曜石に引火したせいだ」

大尉が言うようにただの火事ではなく、燃え盛っている。

「隣接する倉庫にも火曜石があると聞きましたが？」

隣の倉庫を見ると、まだ燃え移ってはいないが、火の勢い的に時間の問題だろう。

「ああ。本来なら中にある火曜石を運び出したいのだが、この状況ではそれも危険だ」

運んでいる時に火が飛んできたら、燃えるもんな。

「わかっています。隣の倉庫に燃え移る前に火をどうにかしましょう」

「できるのか？　貴殿にはそちらに燃え移らないように時間稼ぎを頼みたいのだが……」

悠長な……。

「すぐに消しましょう。ただ、承知願いたいことがあります」

「何だ？」

「倉庫の中にある魔道具関係はすべてダメになりますが、よろしいですか？」

「どういう意味だ？　いや、時間がないし、そんな問答は不要か……このままではどうせ燃えてしまうのだから問題ない。それよりも火を消すのが最優先だろう」

当然だ。だが、言質はもらっておかないと、倉庫の管理者に後で何を言われるかわからん。世の中、バカが多いからな。

「では、消しましょう」

そう言って、燃え盛る倉庫に近づいていく。炎で暑いし、飛んでくる火の粉が怖かったので防御の魔法を使い、倉庫の正面まで来た。

「ど、どうするんですか？」

「暑くない？」

後ろを見ると、エーリカとレオノーラまでついてきていた。一瞬、車のところまで戻っていろと言おうと思ったが、支部の評判を上げる目的のためには近くにいた方が良いと判断し、言うのをやめる。

「まずはお前らにも防御の魔法をかける」

二人に火を防ぐ魔法をかける。

「暑くなくなりました！」

「すごいねー」

5級ならこのくらいはできる。

「消防隊が頑張っているが、火が消えない理由は火曜石のせいだ。あれはそう簡単には消えん」

「コンロやお風呂場《ふろば》はもちろん、野営なんかにも使うやつですね」

火曜石は様々なところで使われている。

「どうするんだい？」

レオノーラが聞いてくる。

「簡単だ。火曜石は魔石の一種に過ぎん。要は魔力が籠《こも》った石だ。ならば、その魔力を取り除けばいい」

空間魔法から杖《つえ》を取り出した。杖は金色の装飾がなされ、先端には竜の彫刻が施されている。非常に趣味が悪いし、使いたくないが、これは国家魔術師の10級に受かった時に師である本部長にもらったものだから仕方がない。

「見とけ……ディスペル！」

倉庫に向かって魔法を使うと、何かが弾けた感触がする。すると、目に見えて火の勢いが落ちた。

「あれ？　炎が弱くなりましたよ？」

「ディスペル……魔力を消し去る上級魔法だね。5級が使える魔法じゃないよ」

そりゃ意図的に5級で止めているだけだからな。

「こんなもんはたいした魔法じゃない」

まあ、せっかく作った魔道具を壊してしまうから、錬金術師が嫌いな魔法ではあるけどな。だから大尉に言質を取ったのだ。

「すごいですねー！」

「さすがは私達の旦那《だんな》様だね！」

亭主関白だけどな。

「さて、あとは残った火を消すか」

そう言って、杖を掲げる。すると、燃えている倉庫の上に大気中の水蒸気が集まり、水の塊が現れた。その塊は徐々に大きくなり、すぐに倉庫よりもずっと大きい球体に変わっていく。

「ウォーター……名前を何にしようかな？」

「球体だからウォーターボールでいいんじゃないか？」

それでいいわ。

「ウォーターボール！」

レオノーラの案を採用し、魔法名を言うと、水の球体が倉庫に落ち、火を消していく。だが、かなり火の勢いは落ちたが、まだ完全には消えていなかった。

「もう一回だな」

同じように大気中の水蒸気を集め、巨大な水の球体を作る。

「ウォーターボール！」

もう一度同じ魔法を使うと、水の球体が倉庫に落ち、完全に火を消した。まだ煙が立ち込めているが、もう十分だろう。

「よし、終わった。帰るぞ」

「すごいです！」

「ジーク君は何でもできるなー」

二人が拍手をしてくれる。

「たいしたことじゃない。このくらいは余裕だ」

そう言って、二人と共にルッツと大尉のもとに戻ると、野次馬達が沸き立ち、大きな拍手が聞こえてきた。

「すごい！　あっという間に火が消えた！」

「魔法か⁉　魔術師協会ではなく、錬金術師協会の人間に見えるが……」

「どうでもいいだろ。あの火をあっという間に消すなんて、すごい魔法使いがいるもんだな！」

たいした魔法ではない。ディスペルは3級以上のレベルだが、水魔法は5級なら誰でもできるだろう。

「貴殿は本当に錬金術師か？」

大尉が信じられない様子で聞いてきた。

「そっちが本職ですし、そちらの方が得意ですね。では、後はお任せします。ルッツ、支部まで送ってくれ」

「あ、ああ……」

俺達はルッツと共に車まで戻ると、この場を後にする。そして、支部に戻り、そのまま家に帰ると解散し、風呂《ふろ》に入って寝た。

◆◇◆

「ふむ……見事だ」

ソファーに腰かける白髪の老人が真っ赤な魔剣を掲げながら頷いた。

「正真正銘のAランクの魔剣です。元帥の誕生日祝いに持って参りました」

「大層なものを持ってきたな、大佐。こんなもんは受け取れんぞ」

普通は誕生日にこんなものは贈らない。

「では、別の物にしましょう」

「いや、もらう」

拒否してくれたら自分のものにできたんだがな……まあ、これほどの魔剣なら軍に所属している者なら誰でも欲しいか。

「どうぞ……元帥、それでジークヴァルト・アレクサンダーとは？」

こんな高い贈り物をしたのにはちゃんと理由があるのだ。

「ジークヴァルトな……この国最高のベステ魔法学校を首席で卒業した男だな。魔法使いの名門や名家、さらに実力者の弟子達が同時期に入学した最高の期である華の五十期生の中で、特に優れた男だ。まったく他を寄せつけず、皆が二位争いしかしなくなったらしい」

またすごい肩書だな。

「ジークヴァルトは庶民でしょう？　よく貴族が黙っていましたね？」

「それほどまでに優れていたのだ。在学中に国家錬金術師と国家魔術師の資格を5級まで習得した」

学生が国家資格を取ったのか。しかも、最難関と呼ばれる錬金術師と魔術師資格の5級……。

「さぞ人気なんでしょうね」

どこも欲しがるだろう。ウチだってそんな学生がいたら欲しい。

「無理だ。あの魔女の秘蔵っ子だからな」

王都の魔女、クラウディア・ツェッテルか。

「そんな男がウチに来た理由は？」

「単純明白。他の人間と足並みを揃えることができなかったんだ。まあ、天才は孤独と言うしな」

トラブルを起こして、左遷と聞いていたが、本当か。

「そこまでなんですか？　リート支部に身内がいる部下の話では、人間性も良いと聞いていますが？」

ただ、ルッツいわく、その身内は心配になるくらいに人が良いらしいからその評価も微妙らしい。

「人伝の話だから詳しくは私も知らん。だが、ドレヴェス家とトラブったのは事実のようだな」

ドレヴェス家……この国の大貴族だ。そして、魔術師のトップである魔術師協会本部長の家だ。

「ドレヴェスですか……それはあの魔女でもきついでしょうな」

「だろうな。だからこそ、そちらに避難させたんじゃないか？」

自分の一番弟子を守ったわけか。しかし、そうなると、ほとぼりが冷めたら王都に戻すつもりということだ。

「できたらジークヴァルトにはリートにいてほしいですな」

錬金術の腕は確かだし、先日、火事があったらしいが、見事に魔法で消火させたらしい。

「どうかな……お前の話が確かなら、そこまで人格が破綻《はたん》しているわけでもなさそうだ。そうなると、他の町の者はドレヴェスとぶつかったから不当にそういう評価になっているだけだと思うぞ」

他の町の錬金術師協会支部もジークヴァルトを欲しがるか。いや、魔術師協会もだろう。他にも貴族がお抱えにしようとする可能性もある。

「何とかしないといけないか……」

「まあ、頑張れ。これからその魔女と会うんだろう？」

その約束を取りつけている。

「はい。そろそろ時間ですね……私はこれで失礼します」

立ち上がり、一礼すると、退室した。

◆◇◆

リートの大佐が部屋を出ていったのでもう一度、鞘《さや》から剣を抜き、掲げてみる。柄にも鞘にも装飾がなされており、美しい剣だが、この魅入られるほどの赤い魔力が籠った刀身の前には何の意味もなしていない。

「ふむ……Aランクか」

これはそんなレベルではない気がする。贈答品用だからだろうが、そこまでの魔力があるわけではないから、実戦用の魔剣としては質が良いとは言えない。だが、魔力の純度が桁違《けたちが》いだ。これまで何本も魔剣を見てきたし、私自身も魔術師だからわかるが、これほどまでに綺麗《きれい》な魔剣は見たことがない。

「私の立場上、北の戦地のためにも、実戦用の魔剣を何本も作らせるようにしないといけないんだが……」

はたして、それをあの魔女が許すか？　魔法使いの世界において、師弟関係は絶対だ。実際、七十歳に近い私自身も、九十歳を超える師匠の婆さんにはいまだに頭が上がらない。ましてや、孤児のジークヴァルトにとってはあれが親代わりだろう。

「大佐が思っているように、私もその男が欲しいな……ふむ、孫娘に期待するか」

立ち上がると、デスクにある電話の受話器を手に取る。そして、電話をかけた。

『はい、こちら錬金術師協会本部です』

呼び出し音がやむと、若い女性の声が聞こえてきた。

「アデーレかい？　お爺《じい》ちゃんだよ」

『お爺様？　どうしたんですか？　私用の電話なら仕事終わりにしてほしいのですが』

相変わらず、つれない孫だな。

「アデーレはリートに異動になったんだろ？　そんな時間はないと思ってね」

『ハァ？　それで何の用です？　私も仕事中なんですけど』

本当につれない子だ。

「今夜、時間はあるかい？」

『いや、先ほど、ご自分で「そんな時間はないと思って」っておっしゃっていませんでした？　荷造りや準備があるので無理です』

可愛い孫娘だが、この他人行儀なところが玉に瑕《きず》だ。

「大事な話があるんだ。それに私は老い先短い。アデーレがリートに行ったら、二度と会えないかもしれないだろう？」

『何をおっしゃっているんですか……ハァ、わかりました。時間を作りましょう』

ため息……。

「頼む。仕事が終わったら連絡をくれ。食事にでも行こう」

『わかりました。それでは』

アデーレが電話を切った。

「あっさりした子だな……」

まあいいか。よくわからないが、ジークヴァルトがアデーレを誘ったらしいし、上手くいくことを願うだけだな。

その後、アデーレと夕食を共にしたのだが、いつも通り仏頂面で他人行儀だった。でも、別れ際には誕生日のプレゼントをくれたし、やっぱり優しい子なんだなと思った。

エピローグ

火事を消した翌日は休日である。部屋でゆっくりと過ごしていると、呼び出し音が鳴る。

「ん？」

『おーい、ジークくーん、あーそーぼー』

玄関の方からドンドンという扉を叩《たた》く音と共に、陽気なレオノーラの声が聞こえてきた。

「留守だ」

『いるじゃーん。開けてよー』

立ち上がり、玄関の方に行くと、扉を開ける。すると、いつものようにへらへらと笑うレオノーラが立っていた。

「何か用か？」

「休日なのに部屋で籠《こも》っているジーク君をデートに誘おうと思ってね」

「デート？　どこか行きたいところでもあるのか？」

俺はない。

「市場に行こうよ。私の嫁が夜のお祝いの買い出しに行こうって言ってる。お菓子も作ってくれるってさ」

そういうことね。

俺達は部屋を出ると、エーリカの部屋に向かう。すると、エーリカがキッチンで悩んでいた。

「よう、エーリカ」

「あ、ジークさん、いらっしゃい」

「どうしたんだ？」

「夕食を何にしようかと悩んでまして。せっかくのお祝いですし、特別なものでも作ろうかと……」

ジークさんは何か食べたいものはありますか？」

「ない。エーリカが作るものは何でも美味いし」

実際、これまで作ってくれたものは全部美味かった。

「作り甲斐のない亭主だねー」

レオノーラがやれやれといった感じで首を横に振る。

「レオノーラも作ってないだろ」

お前に言われたくない。

「作る側からしたら喜ぶ顔が見たいじゃないか。それはエンジニアである私達にもわかるでしょ」

わからないが？

「うーん……食べたいものねー？　ヘレン、あるか？」

「昔、ジーク様が作ってくれたハンバーグは美味しかったですね」

それだ。

「確かにハンバーグは美味いな。エーリカ、それ」

「あの、ハンバーグって何ですか？」

あれ？

「ヘレン、こっちの世界にハンバーグってないっけ？」

「さあ？　でも、ジーク様が作ってくれたもの以外を見たことがないですね」

ないのか……そんなに難しい料理じゃないと思うんだが……。

「こっちの世界って何だろ？」

「しっ、温かく見守ってあげましょう」

……なんか痛い人と思われてしまった。

「えーっと、ハンバーグはひき肉とみじん切りの玉ねぎを混ぜて、こねたやつを焼くだけの非常に簡単な料理だな」

「涙が出ますけどね」

まあ、玉ねぎはね。

「へー……ジークさん、一緒に作りましょうよ」

えー……あ、でも、一回作ったら今度からは作ってくれるか。

「ヘレン、こうなったら本当に、俺が知っているレシピをエーリカに全部教えるのはどうだ？」

前世の学生時代は貧乏だったから、バイト経験がかなりある。特に賄いやつまみ食いができる飲食店なんかは飯代が浮くから結構やった。

「良いと思います。でも、実家の料理を教え込むというのが旦那《だんな》ムーブですね」

そんなもん知るか。

「ほっとけ。どうせ俺は作らないんだし、活用できる奴に教えた方がいいだろ」

「まあ、そうですね。良いと思います」

「よし、エーリカ、ハンバーグを一緒に作ろうじゃないか。ついでに覚えている範囲のレシピをまとめるから、後で渡すわ」

エーリカなら適当に書いても調整して美味く作れるだろ。

「わー……ありがとうございます。でも、ジークさんって王都出身ですよね？　なんでそんな料理を知っているんですか？」

説明が難しいな。

「俺は頭がぶっ飛んでいるから、神様からの啓示があったんだよ」

「すごい適当ですね……」

「説明するのがめんどくさくなったんだね……」

「ジーク様、もうちょっとあるでしょ……」

前世のことを話しても仕方がないだろ。

「ほっとけ」

「まあ、いいけど……お菓子の啓示はないの？」

あー、お菓子も作ってくれるって言ったな。

「うーん……ヘレン、どれがいいと思う？」

「パウンドケーキが良いです」

それは簡単だな。

「じゃあ、それで。エーリカ、レオノーラ、買い物に行こうか」

「エスコートしてくれたまえ」

エスコート……そういえば、レオノーラって貴族令嬢だったな。いつもへらへら笑って、ふざけているから忘れてたわ。

「俺はヘレンをエスコートするのに忙しいんだ」

「つれないねー……やっぱり亭主関白だ」

便利な嫁と足して二で割ればちょうどいいだろ。

「お前は何ができるんだ？」

「ひどいことを言う……では、とっておきの茶葉を提供しようじゃないか。帝国産の最高級品だよ？」

知らねー。そして、違いがわからない男である俺にはどうせ差がわからん。

俺達は市場に買い物に行き、エーリカの家でお茶会を楽しんだ。そして、一度解散した後に再び、エーリカの家にやってくると、皆でキッチンに集まる。

「えーっと、まずは肉をひき肉にする。道具はこれだな」

空間魔法から自作のミートミンサーを取り出した。

「何だい、これ？」

レオノーラが聞いてくる。

「この穴に肉の塊を入れて、このハンドルを回すと肉がミンチになる」

「おー……猟奇的」

確かに。

「魔女がやれ」

「魔女？　あ、私か」

そんなでっかい帽子を被っているのはお前だけだ。

「えーっと、こうかな？」

レオノーラは肉の塊を穴に設置した。そして、ボウルを置くと、ハンドルを回していく。

「おー！　ひき肉が出てきた！　なんか楽しい！」

こっちは猟奇的な魔女に任せよう。

「次は玉ねぎをみじん切りだな……エーリカに任せた」

「はーい」

エーリカは玉ねぎの皮をむくと、半分に切った後に切り込みを入れていく。

「包丁使いが上手いな」

「いつもやってますからね。実は錬金術師になれなかったら、料理人になりたかったんですよ」

へー……それくらいに料理が好きなんだな。だからいつもニコニコしながら俺達の分の料理も作っているのか。

「私専属の料理人だね」

「魔女は笑いながらひき肉を作ってろ」

「うひひ、ひき肉にしてやるー」

ノリの良い魔女だわ。

「みじん切りは涙が出るんですよねー。それを防ぐ道具はないんですか？」

そう言われたので肩にいるヘレンを掴《つか》むと、エーリカの顔に引っつける。

「前が見えませんよ～」

「うーん……」

洗濯ばさみでも使うか？

「ジーク様、なんか材料を粉々にする機械がありませんでしたっけ？　ほら、野菜を食べやすいようにしてたやつです」

あ、フードプロセッサーがあったわ。

「これか」

空間魔法からフードプロセッサーを取り出す。

「何ですか、これ？」

「ミキサーの仲間とでも思ってくれ。ここに玉ねぎを入れるだろ？　それでスイッチオン」

すると、あら不思議。中にある刃が玉ねぎをみじん切りにしてくれる。

「おー、これはすごいですね！　ジークさんって全然使ってない便利グッズをいっぱい持っていそうです」

修業の一環として、前世にあるやつを作っていたからな。

「そうだなー……レオノーラ、ひき肉はできたか？」

「うひひ、できたよ」

レオノーラが持っているボウルにはひき肉が入っていた。

「エーリカ、このひき肉に玉ねぎのみじん切りを炒《いた》めたやつを混ぜて、丸く成形するんだ。それを焼けばいい」

パン粉は……別にいいか。

「わかりました。あとはこっちで作るから大丈夫です。二人はリビングで待ってて」

「頼むわ」

「ありがとう、我が嫁」

俺とレオノーラはリビングに戻ると、テーブルにつく。

「レオノーラ。来週、アデーレが来るんだが、一緒に空港まで迎えに行かないか？」

「そこは王子様が一人で行くべきじゃない？」

「王子様は口と性格と性根が悪いんだ」

しかも、王子様じゃなくて、ド庶民だから救いがないんだよ。

「うーん……でも、やっぱり一人が良いと思うよ。ポイントを稼いでおきなよ」

一人かー……やはり頼るべきはヘレンだな。

レオノーラと話しながら待っていると、エーリカが完成したハンバーグを持ってきてくれる。

「お待たせしました～」

ハンバーグは丸くて、前世でよく見た形をしており、さらにはちゃんとソースもかかっている。

「おー、なんか美味しそうだね」

「ですよねー。あ、ワインを注ぎますね」

エーリカが席につき、三人分のグラスにワインを注いでくれた。

「師匠、乾杯だけど、何かある？」

レオノーラが聞いてきたのでヘレンを見る。

「二人共、よく頑張った。良い仕事だったし、これからも頑張ってほしい……ぐらいでいいんじゃないですか？」

「それだ。乾杯」

「はーい。ジークさんも消火作業、お疲れ様でした」

「うん。それと仕事や勉強を見てくれてありがとうね」

俺達は乾杯をし、ワインを飲んだ。確かにこのワインはアルコール度数が低く、どちらかというと、ぶどうジュースのようで飲みやすい。

「熱っ！　でも、おうひいでふー」

ワインを飲まないヘレンは先に食べており、嬉《うれ》しそうな声をあげる。俺達も続いてハンバーグを食べてみた。

「美味しいです！」

「すごいね。本当に美味しいよ」

うん、美味いな。エーリカが作ってくれたソースもよく合うわ。

「チーズとかパンに合うんだぞ」

「チーズは良さそうですね。今度やってみます」

「妻よ、任せた」

まあ、喜んでもらえたなら良かったわ。

そのまま居座って夕食もご馳走《ちそう》になると、家に戻った。そして、風呂《ふろ》に入り、休日の最後の楽しみであるウィスキーを薄暗い寝室で飲む。

「ジーク様、この町はどうですか？」

ヘレンが聞いてくる。

「何も思わんな」

「いや、何かあるでしょ」

「本当に何もない。都会が良い、田舎は嫌だ……前世から漠然とだが、ずっとそう思っていた。だが、実際にここに来てみると、田舎も都会も変わらん。どこだろうと俺の心に変化はないのだ」

「それは良いことなんでしょうか？」

どうだろうか？　少なくとも、悪いことではない気がする。

「さあな？」

「では、新しい職場はどうです？」

「それは悪くないな」

断言できる。

「エーリカさんもレオノーラさんも良い人ですしね」

支部長もな。

「前世で誰かに『どこに行くかではなく、誰と行くかが大事』って言われたことを思い出した。確かにその通りだ」

エーリカもレオノーラも明るくて良い子だ。向上心もあるが、他人を蹴落《けお》とすような人間ではない。さらには性格がおおらかだから、多少の暴言は流してくれる。そんな職場で働けているのは良い。

いことだろう。

「お弟子さんですしね」

「王都にいる時の俺に弟子を二人も取ることになるって言ったら、鼻で笑うだろうな」

それほどまでに弟子を取るということは頭の中になかった。

「なんでお弟子さんにしたんです？」

「流れ」

「そういうのに流されないのがジーク様じゃないですか」

まあな。

「別にいいかと思えるだけの人間性があの二人にあったからだろうな。それが具体的に何かはわからないが」

わかったら苦労はしないだろう。

「ジーク様に必要だったのは、ああいう味方だったのかもしれません」

「どういう味方だ？」

「争いが起きない方です。良い意味でも悪い意味でも敵にならない人です」

なるほどな。

「ちょっとわかった」

エーリカもレオノーラも才能がありそうではあるが、俺のライバルにもなるほどではない。そして何より、争いを起こすような人間でもないのだ。

「頑張っていきましょう」

「そうだな」

10級の資格持ちではあるし、才能もあるだろうが、先は長そうだ。まあ、辺境の地に左遷されてしまったが、どこであろうが、ヘレンがいてくれたらそれでいいし、気楽にやるか。

「楽しそうですね？」

「そうか？」

「はい。今日だって、休日なのに同僚とお茶会を楽しんでおられました。これまでのジーク様なら考えられないことです」

それもそうだな。友人なんていないし、同僚とどこかに行ったこともないのが俺の二度の人生だった。

「昔、師匠にお菓子を作ってもらったことを思い出したんだ。それを皆で批判しながら食べたな」

勉強会をした際に本部長が差し入れとして作ってくれたのだ。本部長は料理もできる人だったが、お菓子作りは砂糖を入れすぎる癖があり、壊滅的に不味かった。

「ありましたねー。あの本部長さんがしゅんとしてましたよ」

良かれと思って作ったんだろうが、さすがに甘すぎた。

「あの時と同じと言えば、同じだな」

エーリカは失敗せんが。

「師弟関係は家族も同然です」

そう言われている。実際、俺は本部長のところに住んでたし、母親は誰かと言われたら間違いなくあの人だ。

「なんで本部長は弟子を取ったのかね？」

あの人はエリート中のエリートだし、今では錬金術師協会のトップだ。それでいて、自己中心的でもある。

「わかりませんか？」

ヘレンが窓を見る。

間接照明だけの薄暗くなっている部屋にある窓は、鏡みたいになっていた。

「さあな……」

窓に映る自分はもう出世欲に取《と》り憑《つ》かれた悪魔ではないような気がした。

番外編　孤独だった天才

俺は卒業式を終えたのでさっさと帰ろうと思ったが、窓から入る日差しで気持ち良くなったヘレンが机の上で寝てしまったので、起きるのを待つことにした。周りでは卒業に関して一喜一憂するクラスメイト達が騒がしい。

つまらんなと思って、窓の外を眺めていると、ヘレンが起き出し、あくびをしながら身体を伸ばした。

「起きたか？　帰るぞ」

ヘレンを抱えると、教室を出る。

「ジークさん」

廊下を歩いていると、名を呼ぶ声がしたので振り返る。すると、そこには赤い髪をした女が立っていた。

「何だ？」

えーっと、クラスメイトのアデーレだったかな？

「このあとのパーティーはどうされますか？」

パーティー？　あー、なんかそういうイベントがあるって聞いたな。

「行かない」

興味もない。

「行かれないのですか？」

肩に移動したヘレンが聞いてくる。

「行く意味もないだろ。時間の無駄だ」

「時間の無駄ってことはなくないですか？　三年間も通った学校の最後じゃないですか。先生方、ご学友に最後の挨拶《あいさつ》をしませんか？」

あいつらに何を挨拶するんだ？　教師から得たことはほとんどないし、学友と言ったたって同じ場所で学んだだけの他人だ。

「この学校に思うことはないし、挨拶も不要だ。時間は有限なんだよ。明日には師匠の家を出るから、掃除や片付けをしないといけないだろ」

実際、時間がないのは本当だ。もっとも、時間があってもパーティーなんぞには出席しないが。

「あ、それがありましたね」

ヘレンが納得したので、そのまま廊下を歩いていく。

「さっきの女はなんで聞いてきたんだ？」

ちょっと気になったので、ヘレンに確認してみる。

「パーティーへのお誘いですよ。一緒に行きましょうってことです」

そんな感じはしなかったが……。

「まあ、どうでもいいか。もう二度と会うこともないし、関わり合いのない人間だろう」

所詮《しょせん》は10級にすら受からん連中だし、俺の敵ではない。

「いやー、お綺麗《きれい》な方でしたし、ここから始まるロマンスかもしれませんって」

猫が何言ってんだよ。それにお前の方が可愛いわ。

「ない。俺の人生には微塵《みじん》も影響のない奴だ」

俺達はまだ騒がしい学校を後にすると、本部長の屋敷に戻ってきた。そして、家を出るための荷造りや掃除をしていく。空間魔法が使えるので荷物自体はすぐに片付いたのだが、十年以上も住んだ部屋の掃除は時間がかかった。それでも無料で住まわせてもらった部屋なので、できるだけ綺麗にしておこうと思い、魔法を駆使していく。

「ジーク」

換気のために開けていた扉から師匠が顔を出した。

「師匠、もうちょっと待ってくださいね。ちゃんと綺麗にしますから」

「いや、そこまでせんでいいぞ。どうせ使わない部屋だ」

そういう問題ではない。

「ちゃんと綺麗にして出ますよ」

立つ鳥跡を濁さず。

「なあ、本当に出ていくのか？　本部ならここからでも通えるだろ？」

同じ王都だし、距離的にも遠くないからな。

「独り立ちしたいんですよ」

というか、おたくの鷲《わし》の使い魔をヘレンが怖がるんだよ。

「そうか……寂しくなるな」

「何を言っているんですか。師匠のところに就職しますし、一緒でしょ」

「そういうことではないのだが……まあいい。ジーク、卒業おめでとう」

「どうも。ベステ魔法学校卒という肩書きが欲しかっただけですし、たいした勉強にはなりませんでしたけどね」

ただ、図書館の本は良かった。さすがはこの国一番というだけあって資料は充実していた。もっとも、それに見合うだけの教師はいなかったが。

「なあ……今日はパーティーがあるんじゃないのか？」

「出るわけないでしょ」

そもそも学校行事には一度も出ていない。

「ハァ……そうかい。来月にはウチに就職するわけだが、どこか希望はあるか？」

「ないです」

どこでもいい。ゴールは同じなのだから。

「ハァ……」

ため息が多いな。

「どうしました？」

「お前には長年面倒を見てきた子が巣立つ哀愁がわからんか」

「喜んでください。師匠からもらった恩は師匠に引導を渡すことで返しましょう」

次の本部長は俺。

「あっそ」

「師匠……お世話になりました。この十二年間、面倒を見ていただき、さらに師匠のような実力がある方に師事できたのは私にとって幸運でした。必ずや師匠の期待に応えてみせます」

それができるのが俺なのだ。俺の人生に失敗などない……いや、もう失敗してはいけないのだ。

「ジーク、まずは精密機械製作チームに行け。そこで結果を出せば飛空艇製作チームだ。私の期待を裏切るな」

飛空艇製作チームは錬金術師にとっては花形だ。そして、それが出世の最短コースでもある。

「お任せを。誰であろうと俺の敵ではありません」

「敵、か……まあ、頑張ってくれ」

本部長はどこか寂しそうにそう言うと、部屋から出ていったので掃除を再開する。

「ジーク様、大丈夫ですか？」

「問題ない。本部の連中がどれほどまでの腕を持っているかは知らんが、全員、出世の椅子を狙うライバルだ。実力差を示し、完膚なきまで叩《たた》き潰すぞ」

前世はクソみたいな逆恨みで刺殺された。だが、今度はちゃんと防御魔法を覚えているから、問題ない。

「あのー、それだと兄弟子さんや姉弟子さんも入ってますけど……」

「そうだな……わかっている。そいつらが最大の敵だ」

同門であり、小さい頃から共に学んできたライバルだ。

「え？　あれ？」

「俺より上なのはクリス、ハイデマリー、テレーゼか……確かに腕もあり、手強い奴らだが、俺の敵ではないことを見せてやる」

もはや遠慮はいらん。最速で資格を取り、３級になろう。それでキャリアを積み、２級になったところで師匠に引退を迫ってやる。師匠はまだそこまでの歳じゃないし、実際は引退せんだろうが、徐々に意識が傾くだろう。そこからさらにキャリアを積み、１級になったところで師匠も認めざるを得ないから俺が次の本部長、すなわち、トップになる。これは絵空事ではない。それができるのが俺なのだ。

「ジーク様ー？」

「見ておけ、ヘレン。てっぺんの景色を見せてやる」

「あ、はい。それよりも結婚してお子さんを……」

は？

「なんで自分の首を取る可能性のある人間を作らないといけないんだ？」

「えー……」

「それにな、女も子供もいらん。俺にはお前がいる。お前さえいてくれればいいんだ」

なでなで。

「えへへ、ジーク様ー」

ほら見ろ、ウチの子、超可愛い。

「よしよし……」

ヘレンと共にてっぺんを取る……うん、どう考えても失敗する予感はしない。前世の失敗を生かし、まっすぐ突き進んでやる。（第一章へ続く……）

あとがき

お初の方ははじめまして。そうじゃない方はお世話になっております。出雲大吉です。

この度は『左遷錬金術師の辺境暮らし　元エリートは二度目の人生も失敗したので辺境でのんびりとやり直すことにしました』を手に取って頂き、誠にありがとうございます。

本作は私自身が初めて書いたスローライフもの、クラフトものになります。正直、私自身が田舎生まれ、田舎育ちで都会に憧《あこが》れを持つ方の人間なのであまり馴染《なじ》みがない分野になります。それでもずっと田舎で生きてきた人間として、田舎の良さなんかを書けるんじゃないかと思い、手を出しました。

しかし、まあ、書いてみると、自分が思っていた方向性とは違う方向に進んでいきました。それが小説を書くうえでの楽しみの一つではあるのですが、書いている間は不安なものでした。それでも多くの方に評価され、こうして本書になったのは大変ありがたいですし、嬉《うれ》しいです。

また、書籍化する際に嬉しいのはやはり絵が付くことです。読者の皆様にはキャラクターのイメージが付きやすく、私にとっては私の頭の中にしかないキャラクターを形にしてくれます。

本書のイラストを担当してくださったのはみきさい（@mikisaidayo）さんです。数々の作品のイラストレーターを務めている実力のある御方なので安心してお任せすることができました。主人公のジークを始め、一癖も二癖もある個性的なキャラクターの魅力を十二分に引き出して頂きましたので、本文だけでなくイラストの方にも注目して頂けると幸いです。

そんなイラストレーターのみきさいさんを始め、本書の刊行に携わってくださった方々に感謝致します。

また、本作はガンガンＯＮＬＩＮＥでコミカライズもされる予定になっています。そちらで描かれる本作も同様に楽しんで頂ければと思います。

最後にＷｅｂで応援してくださった読者の皆様、そして何より、本書を手に取ってくださった皆様に御礼を申し上げます。これからもよろしくお願い致します。

それではまたどこかでお会いしましょう。

お便りはこちらまで

〒102－8177
カドカワBOOKS編集部　気付
出雲大吉（様）宛
みきさい（様）宛

カドカワBOOKS

左《さ》遷《せん》錬《れん》金《きん》術《じゅつ》師《し》の辺《へん》境《きょう》暮《ぐ》らし

元《もと》エリートは二度目《にどめ》の人生《じんせい》も失敗《しっぱい》したので辺境《へんきょう》でのんびりとやり直《なお》すことにしました

2025年５月10日　初版発行

著者／出雲大吉《いずもだいきち》

発行者／山下直久

発行／株式会社KADOKAWA

〒102-8177
東京都千代田区富士見2-13-3
電話／0570-002-301（ナビダイヤル）

編集／カドカワBOOKS編集部

印刷所／暁印刷

製本所／本間製本

Printed in Japan
ISBN 978-4-04-075807-7 C0093

新文芸宣言

かつて「知」と「美」は特権階級の所有物でした。

15世紀、グーテンベルクが発明した活版印刷技術は、特権階級から「知」と「美」を解放し、ルネサンスや宗教改革を導きました。市民革命や産業革命も、大衆に「知」と「美」が広まらなければ起こりえませんでした。人間は、本を読むことにより、自由と平等を獲得していったのです。

21世紀、インターネット技術により、第二の「知」と「美」の解放が起こりました。一部の選ばれた才能を持つ者だけが文章や絵、映像を発表できる時代は終わり、誰もがネット上で自己表現を出来る時代がやってきました。

UGC（ユーザージェネレイテッドコンテンツ）の波は、今世界を席巻しています。UGCから生まれた小説は、一般大衆からの批評を取り込みながら内容を充実させて行きます。受け手と送り手の情報の交換によって、UGCは量的な評価を獲得し、爆発的にその数を増やしているのです。

こうしたUGCから生まれた小説群を、私たちは「新文芸」と名付けました。

新文芸は、インターネットによる新しい「知」と「美」の形です。

2015年10月10日
井上伸一郎

第9回カクヨム
Web小説
コンテスト
異世界
ファンタジー部門
特別賞
受賞作！
貧乏貴族の末息子ですが、鍛え上げた魔法で「ほどほど」な幸せ目指します！
二度目の人生は
「ぐーたらライフ」で。
～働きたくないので、今のうちに
魔法で開拓しておきます～
開会パンダ　イラスト／桧野ひなこ
二度目の人生はぐーたら暮らしたい——そんな転生先が無く、気づいたらなーんにも無い辺境領主の子供になった元日本人のリック。神様から貰った力を駆使して、目立たずぐーたら暮らせる環境を作ろうと目論むが……？
カドカワBOOKS

堅実なアラフォー
冒険者は
パーティの
皆からも慕われすぎる？

おっさん異世界で最強になる
～物理特化の覚醒者～

第9回カクヨム
Web小説コンテスト
異世界ファンタジー部門
特別賞受賞！

著 次佐駆人
ill peroshi

STORY

どこかゲーム風な異世界に転移し、スキルを使える『覚醒者』という存在になったアラフォーの元社畜ソウシ。覚えるスキルは物理特化なものばかりだが、愚直にレベルを上げ、ダンジョンボスを攻略して新たなスキルを獲得……と堅実に努力を積み重ねたら、いつの間にかメイスの一撃がとんでもない威力に！　冒険者ランクも最速で昇格⁉　そんな中、役立たずと仲間に見限られた少女とパーティを組むことになるが、ソウシのもとで彼女の才能も開花して？

カドコミ他にて
コミカライズ連載中!!
漫画：fujy
第9回カクヨムWeb小説コンテスト プロ作家部門
特別賞&最熱狂賞受賞
傍若無人で傲岸不遜と悪名高い騎士団長ジュスタンは、自分が七人の弟を世話する大学生だったことを思い出す。このまま悪行を重ねていたら処刑ルートまっしぐらだと気づいたジュスタンは自らの行いを正し、騎士団の悪ガキたちを良い子に躾け直すことに。前世でやんちゃな弟を育てあげてきた持ち前の「お兄ちゃん力」は、部下だけでなくお偉い様など様々な方面に作用し、イメージ改善どころか正義のヒーロー扱いされはじめ……!?
Story
カドカワBOOKS

俺、悪役騎士団長に転生する。
酒本アズサ
イラスト・kodamazon
8人兄弟の長男である
スーパーお兄ちゃんが、
横暴で傲慢な
悪役騎士団長に転生!?
部下の
躾《しつけ》をしたり
手作り料理で
餌付けしたり
前世の
「お兄ちゃん力」で
処刑フラグを
回避せよ――!!!!

水魔法ぐらいしか取り柄がないけど現代知識があれば充分だよね？

著 mono-zo　画 桶乃かもく

スラムの路上で生きる5歳の孤児フリムはある日、日本人だった前世を思い出した。今いる世界は暴力と理不尽だらけで、味方もゼロ。あるのは「水が出せる魔法」と「現代知識」だけ。せめて屋根のあるお家ぐらいは欲しかったなぁ……。

しかし、この世界にはないアイデアで職場環境を改善したり、高圧水流や除菌・消臭効果のあるオゾンを出して貴族のお屋敷をピカピカに磨いたり、さらには不可能なはずの爆発魔法まで使えて、フリムは次第に注目される存在に——!?

カドカワBOOKS

最底辺スタートな
転生幼女、
万能の「水魔法」で
成り上がる!?
電撃コミック レグルスにて
コミカライズ連載中!!
漫画：戯屋べんべ

シリーズ好評発売中！！
魔術で「目」を作りたい――
その好奇心が少年を
水魔術の天才へ飛躍させる！
目の見えない少年クノンの目標は、水魔術で新たな目を作ること。
魔術の才を開花させたクノンはその史上初の挑戦の中で、
魔力で周囲の色を感知したり、水で猫を再現したりと、
王宮魔術師をも唸らすほど急成長し……？